ちくま文庫

味見したい本

木村衣有子

筑摩書房

目次

2　台所で読む

3　食堂を読む

7 飲みにいきましょう

はじめに

この本は、食にまつわる38冊を俎上に載せた書評エッセイ集です。

食べもの飲みものについて、書かれ、語られる場面に出くわす機会は少なくない。むしろこのところ、増える一方だなあ、という実感がある。食にまつわる言葉がいちばん渇望されているのが、まさに今なのだな、と。

すっかり「食がカルチャー化した」のだと思う。

食べものは、毎日口に入れるものだから、それについては、毎日新しいことが書ける、つまり汲めども尽きぬテーマである。しかしその日常性ゆえに、しばらくは素通りされがちな題材でもあったなと振り返る。一九九〇年代末に、コーヒーを題材にしたミニコミを大学の同級生と一緒に編集していたことを思い出す。なぜコーヒーだったのかというと、すでに世に出ていたミニコミ及び雑誌は、音楽や映画や本を主なテーマとして扱っているものがほとんどで、せっかく一からつくるなら、すでにあるものとは違うようにしたいというあまのじゃく精神からだった。でも、今になって周りを見回すと、当時、レコードや写真集について語っていたのと同じような熱量を持って、みんな、一皿の食べものについて書き綴り、声高く語るようになっている。

一億総中流社会の幻想はすでに遠く、趣味嗜好がばらばらにほどけて、同じときに、同じものを観るなどという機会がとても少なくなってきた。同世代だったらきっと誰しもがあの歌は歌えるだろうなどという連帯感、一体感は、これからどんどん味わい難くなっていくはず。でもきっと囲めばすぐに意気投合できる、なにかを得たい。それはやっぱり、食べもの飲みものなのだな、そう思うのだった。

やはりちくま文庫オリジナルとして、食書評エッセイ集『もの食う本』を書いたのは二〇一一年。その『もの食う本』、この『味見したい本』の二冊のあいだ、七年間になにを書いてきたかというと、食べもの飲みものの店の取材、店主へのインタビューを数多やってきていて、その数は百軒に届くかどうかというくらい。その仕事は、これからの食書評になにかしらのかたちで反映されているはずで、読み比べていただくのもまた一興。

なにはともあれ、面白く味わっていただければ幸いです。

木村衣有子

イラスト　スケラッコ

味見したい本

1　少し昔の食卓

『ロッパ食談 完全版』古川緑波

——江戸っ子の枠をはみ出す、食の記録

「僕は、魚食いじゃないんで」

めくりはじめてすぐ、この言葉にぶちあたる。

江戸っ子イコール、魚を好む者。そのイメージをより強固なものにしたのが、今年からうちで使いはじめた日めくりカレンダーだ。「大江戸味ごよみ」という名の卓上日めくりで、ちなみに発行は、今、手にとってもらっているこの文庫と同じく、筑摩書房である。日々一話、江戸時代の食べものの話が読めるというつくりだ。けっこう読み応えがある。朝めくるついでに、つい読みふけってしまう。どんな内容かといえば、とにかく、魚、そして貝の話題の日が多い。天ぷらにしたり、すし種にしたり。

しかし、その色合いが濃く引き継がれる街に暮らしていても、また別の食習慣を持つ人もいる。

「僕は、酒が好きなくせに、江戸前の料理なんてものは、てんで受け付けない性質で、酒の肴に、オムレツか豚カツという大百姓なのだ」

　さらに、こう書く。

「何しろ、まぐろが食えないんだから、トロもヅケもない。まぐろを食えば、たちまち蕁麻疹《ジンマシン》。赤身の魚は一切駄目。すし屋へ行ったって、食えるものと言ったら、こはだ、あなご、卵と言ったところ」

　加えて、貝は全く食べられないという。さらに「江戸っ子の癖に、そばが食えない」ともある。子供の頃は平気だったのだけれど、大人になってから、蕎麦を食べるとおなかをこわしてしまうようになったそうだ。もはや嗜好どうこうではなく、体質ゆえに江戸っ子になれない、それなら、仕方ない。

　箸を正しい持ちかたで操ることができないという話も出てくる。

「二本の箸の間へ、ちょいと指を一本ハサむようにして動かすでしょう？　あれが駄目なんだ」

　正直言えば、私の箸の持ちかたも決して美しいものではなく、京都にての学生時代に、同級生に、あかんやん、京都で嫁にいったら向こうのおかんに嫌味言われんで、そうたしなめられて、持ちかたの練習にしばらくのあいだ付き合ってもらったものの、いまひとつ改善することはなく、今に至る。今更、京都で嫁ぐあてもないので、まあ、見逃してもらえれば幸いです。

ただ、魚も箸もなくたって、絶望するのはまだ早い。食べものの楽しみは、いろいろな角度から描き出すことができるのだから。ロッパこと古川緑波さんの書く、ナイフとフォークの世界、洋食のテーブルは、しゃちほこばったところがなくて、活き活きとしている。

ロッパさんは、明治三十六（一九〇三）年から昭和三十六（一九六一）年まで生きた。食エッセイ集『ロッパ食談　完全版』に収録されているのは、主に彼が五十代前半に書いたものだ。一九五〇年代半ばに、食雑誌のさきがけ『あまカラ』で連載されていたコラムが柱となっている。

ここで、ふと気付いたこと、この時代には「食エッセイ」のことを「食談」と読んだのだろうな。談、という字が使われていても「食談を書」くとあるから、談話を書き起こしたわけではなくて。

戦前には銀座界隈にも数多あったという「日本的洋食屋」の話は、とにかくざっくばらんで、勢いがある。痛快、といってもいい。

「いきなり、「おい、熱いとこ一本つけてくんな」と言い、すぐ続けて「そいから、大カツを一チョウ」と、こう来なくっちゃあ通じゃない。何のことはない、西洋式おでん屋だ。そこで、菊正の二合ビンか何かが運ばれる。ガラスの中くらいのコップに注いで、チューっと吸いながら、カツの来るのを待つ。カツレツが来たら、ナイフとフォークでえイえイと皆切ってしまう。バラバラに切っといてから、ソースを、ジャブジャブとかける。で、そいつを、正宗を飲みつつ、一片ずつゆっくり口へ運ぶ」

これこそ和洋折衷の極み。ああ、楽しそう。今でも、こんな店あったらいいな。そしたら、誰と行こうかな。

ナイフとフォークからは離れて、そして箸の持ちかたも置いておくとして、天ぷらの話になるとロッパさんは俄然前のめりになる。ごま油で揚げた天ぷらをのっけた天丼を「下司味礼賛」と題するなどして褒めまくる。

「とにかく、僕は、天ぷらは、東京の、それも、ゴマの油で、黒く揚がったようなのが好きで、大阪風の淡ッさりした奴は、あんまり好きじゃないんだ、好きじゃないけど、大阪のは、軽いから、いくらでも食える。うんと食っといて、好きじゃないって奴もないが、実際そうなんだから、しようがない」
頑固だなあ。勝手だなあ。でも、うんうんと頷いてしまう。そこがいいのだ、と。そんな私もやっぱり頑固者だよな、そう気付かされもする。

「食書ノート」と題して、「食に関する書、何冊かについて感想を述べる」というページもある。まるでこの本と同じ趣向。ただ、ロッパさんがとりあげるのはみんな当時の新刊だ。たとえば、本山荻舟『荻舟食談』、瀧澤敬一『ベッドでのむ牛乳入り珈琲』、読売新聞社会部編『味なもの』、秋山徳蔵『味』、獅子文六『あちら話こちら話』、森田たま『ヨーロッパ随筆』、吉田健一『酒に呑まれた頭』。

中村汀女『ふるさとの菓子』もある。この本は私も『もの食う本』でとりあげたのでよかったらそちらも読んでみて下さい。ただ、ロッパさんはたいして褒めてはいない。きっと、俳句と和菓子という、この本の根幹となる部分に、彼は惹かれないのだと思う。また別のページで洋菓子については熱を入れて書かれているので、バターを使ったこってりしたお菓子が好みなのだなとも。

お菓子の話にさしかかって、立ち止まる。
食エッセイ、という分野は、得てして幼時の思い出話の割合が多くなりがちなのだが、ロッパさんの書くものの中にはそれがとても少ないと思うのだ。五十代の今から、三十代に過ごした戦前を振り返る描写はそこそこあっても、幼い頃のエピソードはごく薄く、軽いものとして描かれる。アイスクリームをはじめて食べた、おそらく十歳前後のエピソードがあっても、あまりおいしそうには書かれていない。

やはり子供時代に食した「青木堂のビスケット」について、ロッパさんは「口に入れれば、バタのコッテリした味が、ほろほろと甘えて来る」というほどにたまらない味を振り返りながらも「子供の頃のことを、美化して思い出しているんじゃないかな?」と冷静になることを忘れない。のちに、当時の青木堂を詳しく知る人に会い、かつて味わっていた洋菓子のおいしさはほんものだったことを確認する。ただ、昔はよかった、ということで済まさないところが信用できる。ちなみに、青木堂の洋菓子は、森茉莉のエッセイにも登場していたという記憶あり。

ロッパさんの食の幸福は、自分の財布を持って、自由に、食べたいものを注文し、それを賞味するところにあったのだろうな。そう、あくまでも、自立したところに。

古川緑波（ふるかわ・ろっぱ）一九〇三〜六一
東京生まれ。喜劇役者、随筆家。菊池寛の勧めで雑誌『映画時代』の編集に携わったのち、役者に転身。一九三三年、徳川夢声、大辻司郎らと、劇団「笑の王国」を旗揚げする。一九三五年には「東宝ヴァラエティ・古川緑波一座」を結成する。ロイド眼鏡をトレードマークに人気を博す。声帯模写が十八番だった。同時期に活躍したやはり喜劇役者の榎本健一とは「エノケン・ロッパ」と並び称された。

『ロッパ食談』(二〇一四年/河出文庫)は、食雑誌『あまカラ』に一九五三〜五七年に掲載されたエッセイに、『ロッパ食談』(東京創元社)、『ロッパの悲食記』(一九九五年/ちくま文庫)から選り抜いた作を加えて再編集した文庫オリジナル版。

『ロッパの悲食記』古川緑波

――一九四四年の食日記

ロッパさんは長いこと日記を付けていた。『ロッパの悲食記』には、一九四四（昭和十九）年と一九五八（昭和三十三）年の日記抄が収められている。あの戦中日記はとにかく壮絶だ、と、ある先輩が言うのをお酒の席で小耳に挟んだのは三十路前後だったたか、ちらっと聞いただけの印象に怖気付いて、ずっと手を触れずにいた。ようやく、一九四四年の元日の記録から読みはじめた今、私はその年のロッパさんの年齢を超えてしまっている。ちょっと遅くなってしまったな、と、駆け付け三杯の心持ちで辿っていく。

この年の夏にロッパさんは四十一歳を迎える。春の日記には「四十五歳迄兵役があることになったので、三月末日に、復役届というものを出した」とある。その年度末には東京の劇場や遊郭が閉鎖されたともあり、東京大空襲の一年前の街の様子はさぞや重苦しいのだろうなと思わされる。その中で、ロッパさんは品川の「ヤミ洋食屋」に通っていた。店のおもてには「休業」の札が出してあるけれど、馴染みの客には「「本日は晴れ」という電話が、かかっ」てくる。「本日晴天とは、材料ありという隠語。ヤミ屋は、電話の盗聴を恐れて、こういう符牒を作ったもの」とある。メニューは、ポタージュ、カツレツ、ビフテキ、カレーライスなど。

東京都心でも、仕事で行く大阪でも、おいしいものが満足に食べられなくなってきていた。それでもあるところにはある、ときもある。その日のごはんがどうだったかで一喜一憂するのは、そりゃ今でも同じだけど、この時代の、先の見えない不味さ、足りなさとは全く違う。

五月中旬（十七日）までめくってきて、あらっ、と、手も目も止まる。ロッパさんは、会津坂下《ばんげ》に行くのだった。そこ、知ってるよ。

私は四十一、四十二歳の二年間、福島に通っていた。夫が福島市で期間限定で働くことになり、過去の経験上、距離を置いたままでいると、お互い結婚していることを忘れてしまいそうなので、一年の半分くらいは福島にいた。なので正味一年間は福島で寝起きしていた計算になる。夫の仕事が休みの日は、福島市が位置する中通りと呼ばれるエリアを飛び出して、浜通りや会津へドライブに出かけることも少なくなかった。会津坂下には道の駅があって、そこで買う野菜やお米が新鮮なのと、「天明」という銘柄のおいしいお酒を醸す蔵も、「べこの乳」というアイスクリームの直売所もあって、幾度も訪ねたのだった。

ロッパさんは、東宝映画のロケでここ坂下にやってきて、およそ三週間滞在している。映画のタイトルは「敵は幾万ありとても」。この映画を少し前にリバイバル上映していた映画館のサイト（※ラピュタ阿佐ヶ谷）によると、ロッパさんは「愛国心に燃え、少国民の軍国教育に余念がない国民学校の校長をシリアスに演じている」とある。この時まで戦意高揚映画を撮り続けていたということに、単純に驚く。

ロケは地元の小学校でおこなわれた。曇天の日は中止。到着してから三、四日は曇りが続いて撮影ができないあいだ、ロッパさんは宿で紹介してもらった店へ通う。「夜は又、菊寿軒へ。いいなあ此処は。日本酒コップ飲み。山独活。鮠。卵焼。カツレツ。珍味は、エゴという山の芋でこしらえた羊羹のようなものに、辛子味噌を掛けたもの。これが、いける。飲んでいると、サイレン鳴り渡る。警戒警報発令。嫌だな、わが家が心配になり、酔が醒める」

撮影がはじまるとお昼ごはんにちょうどいい、駅前の食堂を見つける。「ふと入ってみたら、これが凄い。卵ふんだんにあり、オムレツ、フライエッグス色々作らせる。そして、カレー丼というんだから、眼の前に花が開いたかのようなり」

ロッパさんは坂下のお酒をとても気に入った様子だ。

「毎夜一升位は飲んでいるだろうが、翌朝が、サッパリしているから、酒は、いいに違いない。東京では一人一合か、せいぜい二合しか飲ませないが、こっちは料理屋へ行けば無制限に出る」

とても一升は飲めなくても、坂下のお酒は今もほんとうにおいしい。前述の「天明」に加え、日本酒界では有名な「飛露喜」の蔵もここにある。どちらも創業は戦前だから、ロッパさんも飲んだかもしれない。

帰京後、横須賀では戦艦三笠、茨城は石岡の滑空場でロケは続く。石岡では二軒はしごして、どちらの店でもオムレツを食べたとある。ちなみに、このとき三笠はすでに役目を終えていて港に保存されていたという。今でも三笠は同じところにあって、船内を見学することができるし、ロケ地にも使われている。戦争でいろいろなものがなくなった話を読み続けていると、今もあることがとても不思議な気がして、そして、幸運だなあとしみじみする。

ロッパさんはそれから土浦へ行く。そこでは「何でも食わせるという」店があると知り、宿の朝食を抜いて早々に出かける。「チキンソティー、卵焼、うで卵、鶏の澄汁、肝焼、おおそして、白米に生卵かけて何杯か食った。此処迄、東京から食いに来る者多き由、さもありなん」

オムレツ、玉子焼き、ゆで玉子、そして玉子かけごはん。石岡でも、土浦でも、とにかく玉子が豊かにあるんだな。それは、にわとりが飼われているということとイコールだ。一羽一羽の命を取らずとも摂れるたんぱく質。

土浦で、ロッパさんの漫談を聴きに集まったのは「予科練かと思ったら、将校服着た連中ばかり百人余」とあった。余談ながら、今、土浦の陸上自衛隊駐屯地の中には、予科練の戦没者を悼む庭園と資料館があり、その傍には「予科練平和記念館」もある。そこも観に行ったことがある私。だから、東京都心との距離と、それゆえの当時の豊かさをそれなりに想像することができる。

大阪への慰問興行をはさみ、お盆明けからまた東宝映画のロケがはじまる。タイトルは「勝利の日まで」。そしてロッパさんは十一月に再び福島へ行く。浜通り、いわきへ。好間炭鉱での慰問のためだ。そこから郡山、宮城は仙台とまわって、栃木は那須、宇都宮、日光と辿って二週間の旅だった。宇都宮で泊まった旅館では「広間で大御馳走。サントリー七年を抜き、ビフカツ、シチュウ、そして白米。久々の豪華版で、久々の満腹感」とある。

旅から帰る毎に空襲が頻繁になっていく東京。しかしロッパさんは十二月にも再び福島へ行く。今度は中通り、須賀川で、東宝の戦意高揚映画「突貫駅長」のロケだ。ロッパさんはタイトルどおりの主役を演じる。「女子挺身隊員と体操をするシーンから始まる」とあるが、どんな映画だったのだろう。

さて、須賀川はどんなところかといえば、福島県内でのきゅうり一大産地だ。毎年七月十四日という、いちばんきゅうりがおいしい時期に、地元の神社で「きうり天王祭」が催されるほどに盛り上がる。とにかく須賀川は野菜がいろいろと豊かで、JAの直売所「はたけんぼ」の売り上げは東北で二位を誇る（※「福島民友」二〇一八年二月六日付の記事より）。原発事故があったことを鑑みると、すごく明るい数字である。

曇天で撮影ができない日、ロッパさんはとりもなおさず食い気に走る。

「先ず酒が出た、盃でやっているうち、めんどくさくなり、正体をあらわして、お椀で飲む。酒は一升近く飲んだ上、白米に卵かけて二三杯食った」

「ああこうして昼酒飲んで白米食って馬車に揺られて帰るってことは、さし当り、ひと昔なら、帝国ホテルのグリルで鱈腹《たらふく》食って、オールドパァ飲んで、パッカードで御帰宅ってとこだね」

日記も、須賀川の日々の後半となると、途中までは「白米」と記していたのを「飯」として、「(もう一々白米と断わる迄もない)」、そう書き添える。

日本酒も大いに飲むものの、会津坂下のほうがうまかったと振り返っている。ふんだんにあればいいというわけでなくて、あればあったで、うまいまずいのどちらかに、胸中の針が振れるのだ。

およそ三週間続いたロケが終わり、十二月二十四日にロッパさんは帰京する。その日の記録には「東京の飯粒かなし。食う気がしない」とあった。

この日記は果たして「壮絶」だろうか。私の頭の中にはあまりそういう種の言葉は浮かばない。ロッパさんの、うまさを描く裏にあるシニカルさというか、軽妙さと合わせ鏡の空虚さというか、そういうところにはそんな一直線に激しい二文字は当てはまらないように思える。私が行ったことのあるところばかりが日記の舞台となっているからかもしれない。そして、ロッパさんを腹一杯にしたその土地に今でも豊かさがあることをまずは喜びたいなと思う。

『ロッパの悲食記』は、一九九五年、ちくま文庫に収録

『東京焼盡』内田百閒

——一九四五年八月二十一日までの食日記

一九四四（昭和十九）年十一月一日から一九四五（昭和二十）年八月二十一日までの日記だ。

戦争は八月十五日に終わる。一九四五年のお正月を迎えた、日記の中の内田百閒は当然、そんな未来をまだ知らない。

「昨夜以来夕方迄敵の飛行機も来《きた》らず、お正月でも人は来ない。朝も晩も動物園の鹿の食う様な物ばかり家内と二人で食べている」

その傍らにはビールも日本酒もないとあるが、一月十二日には「配給の麦酒《ビール》〆《しめ》て六本ありて新年宴会なり」。よかった。

この年五十六歳になる百閒は、東京都心、麴町五番町に住んでいた。飾職人の娘で元芸者の、こひ、という名のふたりめの妻となる人とここに越してきて八年、日本郵船の嘱託として、丸の内の郵船ビルに電車で通勤する日々。この年も、お正月が明けたら出社をしている。そういう日常は、まだある。ただ「敵の編隊が来そうだと云う話を聞いて来たので床屋を見合わせる気持になっている」などという描写を目にすると、こわいというか、奇妙というか、不思議な気持ちになる。戦中の日常というものは、やっぱり非日常だ。

二月末、お米の配給が遅れ、こひさんが近所で借りてきた米を炊き、それも足りないのでお粥にする。「今朝もお粥《かゆ》だったが晩もお粥を主にしておはちの御飯を食べのばす」。そのお粥を食べているときに、偶然家の中に入ってきた雀を捕まえ、いったんは焼いて食べようと考えるが、小鳥好きの百閒の心は揺らぎ、逃がす。米を近所に借りに出かける妻の姿と、餌を求めて入り込んだ雀を重ね合わせて見ている。そして翌日もお粥。「稲妻の宵々毎や薄き粥　漱石、でなく　粥に暮れて宵々毎の焼夷弾と云うところだがこれでは季が無い。粥冷えて、で季になるか知ら。後でなおす可し」

三月十日には東京大空襲があった。百閒の家は焼けずに済んだが、空襲警報で起こされて、宅地が燃え、その火に照らされる空を見て、二十二年前の関東大震災のときに目にした、それとそっくりの景色を思い起こす。

翌々日には「配給にて生葡萄酒が麦酒罎《ビールびん》に一本あり」。空襲の風景のむごたらしさと、そこから少し外れたところに届くワイン。惨禍と休息がまだらにあらわれる。

この後も、お酒については、立て続けに入手することが叶ったり、しばらく縁がなくなったり、状況の浮き沈みが激しい。だから、夢に見たりもする。

三月十六日の記録には「夢の中のお酒は月桂冠であった。一升罎《びん》に這入《はい》っているのを、その罎の口ががりがりだから二リットルの罎にうつし代えている途中で目がさめた」とある。

五月二十五日、百閒の家は焼夷弾によって焼け落ちる。あらかじめまとめておいた荷物に加え、昨晩、一合だけ飲み残しておいた日本酒「白鹿」が入った一升瓶も持って火の手から逃げる。

「逃げ廻る途中苦しくなるとポケットに入れて来たコップに家内について貰って一ぱい飲んだ」「昨夜は余りうまくなかったが残りの一合はこんなにうまい酒は無いと思った」

かくして、百閒とこひさんふたり、三畳一間の借り小屋暮らしとなる。小屋には炊事場もなく、地面に穴を掘った急ごしらえのトイレには屋根もない。電気も通っていない。こひさんが焼け跡から七輪を見つけ出し、それで当座の煮炊きをはじめる。

「焼け出された人人がさっぱりしたさっぱりしたと云うのが頻りに新聞に出ているけれど、さっぱりしたと云う気持はその人人によって幾らか違うかも知れないと思う」

この、「さっぱりした」という一言の捉えかたは、物を書くことを生業としている人らしいなと思う。

二十年以上使ったお揃いの象牙の箸も家から持ち出しておけばよかった、と、思い返して日記に書くとき、そこにもし「さっぱりした」気持ちをのせるとしても、それは辛さを打ち消すための強がりでしかないわけだし。

とにかく、ものがない。なんとか家から持ち出せたメジロの餌入れを盃にしてお酒を飲む。お米を炊く釜もなく、もらいものの鍋には底に穴が空いて漏るようになってしまい、ご近所でごはんを炊かせてもらっている、その遠慮がちの暮らしの中でごはんがいたんで、その匂いを嗅ぐ悲しさ。そのお米の入手も日毎に難しくなっていく。栄養不足。百閒も、こひさんも、元気をなくし、体調を崩しがちになる。しかし薬屋の棚は空っぽで、かかりつけのお医者さんも焼け出されてしまっている。

そんな中、六月二十七日の日記にはライムが光る。

「何もかも出なおし遣りなおし新規まきなおしと云う語呂が口について知らずに足拍子をそれに合わせたりしたが、この一ヶ月は誠に出なおしの出ぞめ遣りなおしのじめであった筈である」
MC百閒、REPRESENT《レペゼン》麹町五番町！

少し前に、お米を「食べのばす」という表現を見つけたけれど、味噌も同じくだ。
味噌汁にした残りを「食べ延ばす為同じく大切な醤油にて味噌を溶き、箸の先に一どきに余り沢山つかぬ様にしてなめる」
「この頃では味噌はバタやチーズに匹敵する。子供の時、味噌をおかずにすると七代貧乏すると教えられたが、今が丁度七代目なのであろう」

七月の初めには水が出ない日が続く。夏場ゆえ蚊が出てくる。ノミも跳ねる。眼鏡の度が合わなくなり、玉を取り替えたいと思うも、眼鏡屋がどこに残っているか分からない。そんな日々でも、東京駅前の広場で「胡瓜《きゆうり》とどじょういんげん」が売られているのを見付けた百閒は「青い物の成分が身体に欠乏している」からと、すぐそれを買う。そう、夏には夏の、野菜の恵みもあるのだった。

しかし空襲は止まない。日立、銚子、福井、尼崎が空襲を受けたことを記した後
「地図の上で思い出しそうな町は大概無くなった様である。どんな町にも感情があり

由緒や歴史がある」と、百閒は二十一日の日記に書きつけている。街の感情。それがむざむざと殺されていくことを止められない、虚しさ。

それでも、季節は進んでいく。八月の日記には、ナス、トマト、キュウリがしばしばあらわれる。お米はもはやほぼなく、小麦粉など代用食が主だ。とはいえ、終戦日がいつだか知っているこちらは、八月に入ってからは、文字を辿りながらどうにもそわそわしてしまう。そんな中でも、お酒はたまにやってくる。たとえば四日の日記はこうだ。

「今日は配給の麦酒《ビール》三本あり。冷蔵庫や氷は叶わぬ事なれども汲み立ての井戸水に冷やして三本続け様《ざま》に飲み大いにやれたり」

百閒の日記、そして一九四五年晩夏以降の日常は『百鬼園戦後日記』に続いていく。

内田百閒（うちだ・ひゃっけん）一八八九〜一九七一
岡山生まれ。小説家、随筆家。東京帝国大学在学中に夏目漱石の知遇を得て、芥川龍之介、森田草平らと知り合う。陸軍士官学校、海軍機関学校、法政大学などでドイツ語を教えた。四十四歳のとき『百鬼園随筆』でデビュー。代表作に『冥途』『ノラや』（ちくま文庫）などがある。一九四五年の食日記『東京焼盡』は、綴られてから十年後の一九五五年に講談社から刊行された。

本書は、二〇〇四年、ちくま文庫に収録。

『最後の晩餐』開高健
——縦横無尽、華麗奔放

開高健は、口触り、匂いを書き尽くし、きれいごとを避け、そして、露悪に傾きそうなところの一歩手前まで行き、踵を返す。

縦横無尽に、食べもの飲みものをまずは口に入れてみてから考える、その基本的姿勢は、このエッセイ集『最後の晩餐』に収められている「芭蕉の食欲」という一編にくっきりとあらわれている。ブラジルに釣の旅に出ていた開高健は、帰国して間もなく、松尾芭蕉の句を引用しながらこう書く。

「コンニャクや、白魚や、海苔の砂を噛んで老いを知覚する句など、ことごとくあわれはかなくいじらしい句である。そういう句を読みつつ、ブラジリアの郊外の高原で一五〇キロの二歳半の牛をまるまる一頭、街灯の鉄柱で串刺にして焼き、めいめいナイフで腰や腹を削って食べた壮烈な野宴のことを思いだすと、極大と極小、その両極をわが心はあやしくも朦朧とさまようて定まらぬ」

一九三〇（昭和五）年に生まれ、一九八九（平成元）年に没した開高健のことを、私はリアルタイムではよく知らないのだった。彼の書いた小説やエッセイをちゃんと読んだのはもう亡くなって十年以上経ってからだったし、彼が出演したサントリーのウイスキーのＣＭが放映されていたのは小学生の頃だったけれど、その当時に観たことがあるかどうか記憶はあやふやで、大人になってから広告美術の展覧会場で観たのとごっちゃになっているような気もする。

そんな私でも、名前は知っていた。有名な人なのだな、と認識してはいた。ただ、雑誌にある、彼のことを取り上げた記事に添えられた一枚のポートレイトをちらっと見ると、でっぷりと肥えたおじさんがそこにいて、正直言って近寄りがたく思っていた。娘時代の私は、自分自身の、思春期の脂っぽさに辟易していたからこそ、枯れたもの、そして人を求めていたから。その写真にうつされた場面も、たとえば、釣ったばかりの大魚を刺身にして、外したドアをお皿代わりに貪っているというものだったりして、とにかく静けさとは縁がなさそうな、「遠い国で牛の丸焼きを食べ」るようなことばかり書きまくるような、男のロマンを体現しすぎている姿に、背を向けていた。

三十路手前になって、一九六〇年代前半の東京を活写したルポルタージュ『ずばり東京』を皮切りとして読んでみて、いきなり開高健が好きになった。写真にうつされたワイルドな立ち姿は多面体の彼のごく一面に過ぎないと分かった。とにかく、簡潔に説明しようとすればするほど、その魅力がどんどん削がれていってしまう人だと思う。とはいえ、彼の文章の個性をあらわす、近しくて短い言葉はないかなと探し続けていて、あるとき、見つけた。プロ野球のニュースをチェック、埼玉西武ライオンズの記事を読んでいたら、ある選手が自身のグラブに刺繡し、座右の銘と心に刻む四字熟語は「華麗奔放」だとあった。

これだ！

華麗奔放、そう、開高健の文章には、まさにこの言葉があてはまる。

『最後の晩餐』は、一九七七（昭和五十二）年から二年のあいだ、月刊誌で連載されていたコラムをまとめたものだ。

マリー・アントワネットの「パンがなければお菓子をお食べ」なる有名すぎる台詞はほんとうは彼女でない別の誰かの口から発せられたはず、ということを検証する回もあれば、しゃけ一匹はどのように食べ尽くされるかを調べ上げる回、高村光太郎「米久の晩餐」と佐藤春夫「秋刀魚の歌」を読む回があったり。全てを「何しろ私は言葉の職人なのだから、どんな美味に出会っても、〝筆舌に尽せない〟とか、〝いうにいわれぬ〟とか、〝言語に絶する〟などと投げてはならぬという至上律に束縛されているのである」という前提の元で書き尽くす。

このエッセイが書かれた頃にはなくて、今は存在する味もある。

「いっそ名品級の米は超高級の果実とおなじものと考え、どこかに土地を買ってあくまでも昔風に、徹底的に、伝統の作法で篤農家に農薬ぬきでつくってもらい、それを料亭では客にいちいち説明して、高い値をつけて、だす。そのかわりその米を食べたら民族の愉しさや誇りがほかほかと腹からわいてくるというぐあいである」

手をかけて育てられ、その代わり高価な、そしてすごくおいしいお米というのは存在する。ただ、開高健が想像するほどのお値段はしなくとも、ほんわりとおいしい。でも、これはたしかに未来予想図。余談だが、パタパタとキーボードを打っていたら「味蕾」予想図、と変換され、それも間違ってないなと思う。

もうひとつ、「大半のわが国のドリンカーたちは陳年の日本酒が高級ドライ・シェリーにそっくりの逸品に変貌するということを知らないでいることをしいられている」ということ。この、日本酒を寝かせるとおいしいのに、という話は、そういえば吉田健一『酒談義』にも登場する。開高健は「いずれ私は日本酒の〝オールド〟が少しずつ巷に顔をだすようになるのではないかとニラんでいるが、それまでは忍である」とも書いている。ここ三、四年で、めざましく「巷に顔をだすようにな」ってきたところである。これもまた、味蕾予想図Ⅱ。

開高健は大阪の生まれ育ちで、二十代半ばから東京で暮らした。そんな来歴の人の例に違わず、彼も東京の食べもののことをあまりよくは書かない。東女の私としては、そういう描写にぶち当たると、身が縮む思いがする。誰だって地元の味には、うまい、まずいを超えた愛着があるのだから。

「東の味覚に感心したのは人なみにソバ、にぎり寿司、ウナギの蒲焼き、中華料理。あとはウドンから何から何までおよそゾッとなるものばかりでお話にならなかった」あのう、ひとつ言いたいのは、東京ではうどんに期待しないでほしい、ということである。この都市では、とりあえずうどん、そういう発想は封印しておかないといけないのだと、どうか分かって！　なんたって、東京生まれ育ちのロッパさんこと古川緑波も「うどんそのものは、東京のが一番不味《まず》いんじゃないだろうか」と認めているくらいなのだ。こればかりは今も変わらず、たとえばこの本のまた別のページで紹介する『東京甘味食堂』は、二〇一〇年代の甘味を取材した、神戸出身の若菜晃子さんのエッセイ集だが、そこにも、「私はうどんとそばとラーメンがあると、まず間違いなくうどんにするのである」という信条を東京でも貫き「つい、うどんを頼んでしまう。そして、いざ食べながら後悔する」とあるのだから。

でも、開高健はただ東京の悪口を言い募るわけではなかった。そのことに、ほっとする。

「ある夏の夜、浅草界隈の古い居酒屋につれていかれ、枡で冷や酒をだされて肴にトコロテンを添えてきた」「酢醤油に辛子もついていて、そのヒリヒリが舌を洗い洗い酒を飲ませてくれていうことなかった。意表をつかれたのとそのクッキリした味蕾のたてかた、ざわめかせかたにすっかり感心して〝東〟を、以来、見なおす気持になったものだった」

それこそが東京の粋、などという紋切り型の簡便な言い表しかたを彼はしない。言葉探しをさぼらない。そこに、心打たれる。

開高健（かいこう・たけし）一九三〇～八九　大阪生まれ。小説家。寿屋（現・サントリー）宣伝部に所属し、PR誌『洋酒天国』の編集や、トリスウイスキーのキャッチコピーなどを手がける。寿屋在籍中の一九五八年『裸の王様』で芥川賞受賞。代表作に『輝ける闇』、ルポルタージュに『ずばり東京』など、著書多数。妻は詩人の牧羊子。

『最後の晩餐』は、文芸誌『諸君！』に一九七七～七九年に連載され、一九七九年に文藝春秋より刊行された。二〇〇六年、光文社文庫に収録。

『犬が星見た ロシア旅行』武田百合子

――「卵さえ食べとったら栄養じゃ」

ふわあっとしている。地に足が付いていない。それがすなわち、旅らしい感覚なのだ。ただ、十数年ぶりに読み返してみた、その感覚は、以前とはまた別の味わいになっていた。

小説家の武田泰淳さんと妻の百合子さんは、一九六九（昭和四十四）年、六月十日から七月五日まで旅に出る。家族ぐるみの付き合いである、中国文学者の竹内好さんも同行し、六月末までは「六九年白夜祭とシルクロードの旅」という旅行社のお膳立てツアーに加わって、総勢十人の旅。七月に入ってからは泰淳さん、百合子さん、竹内さんの三人で気心の知れた北欧の旅。このとき、泰淳さん五十七歳、百合子さん四十四歳。

はじめて読んだのは二十代の終わりだった。当時は、同時期の日常の記録『富士日記』よりもこちらに愛着を持って読み返していたのをおぼえている。そして、旅も終盤になり、コペンハーゲンで、噴水のそばのベンチに腰掛け、周りの人たちを眺めての、百合子さんと泰淳さんのこのやりとりをいちばんよくおぼえている。

「旅行者って、すぐわかるね。さびしそうに見えるね」

「当り前さ。生活がないんだから」

百合子さんは、自分らも人目にはそういう風に、そう、寂しそうに映るのだろうか、と、書いている。

あとがきには、旅行中の「走り書きを元にして綴ったもの」とある。旅の最中にすでに完成形になっていたものではない箇所も少なくないということか。『犬が星見た』は、旅から帰って九年後に文藝誌に連載され、その次の年に一冊の本になった。それ以上の経緯は私には分からなくとも『富士日記』と比べるとなんとなしに物悲しさが色濃いような気がするのはそのせいか。それとも「生活がない」日々の記録だからだろうか。

はじめて読んだとき、私は結婚する前で、女友達とルームシェアをしていた。結婚したから生活があるというわけではないけれど、この旅行記の、特に前半を、かつてのようにうっとりとは読めない、いわば「ノレない」のは、やっぱり当時は、自分はいつもふわあっとしていたのだろうし、したかったのだと振り返る。

旅に出て十日過ぎたあたりで、以前はたいして目をとめなかったページの角を私は折った。シルクロードの西端、グルジア（現・ジョージア）のホテルでの夕食で、ビールを所望すると断られ「グルジアに来てビールを飲む人間はバカである。ぶどう酒を飲め」と告げられる場面だ。私は四十路に入ってからふとしたことからワインを好んで飲むようになっていて、ジョージアはワインの国だという知識を得ていたのだった。ワインづくり、というと、ぶどうを収穫して発酵させてさてそれからは暗い蔵の中で大きな樽に詰めて置く、という工程が想定されるけれど、ジョージアでは、そうやって木製の樽の中で熟成させるという手法が取られる前から続く、クヴェグリと呼ばれる素焼きの甕にワインを詰めて地中に埋めておくという伝統がいまだ続いていて、ワインづくりの歴史がいちばん長い土地かもしれないといわれている、ということをワイン特集の雑誌などをめくって、知っていた。

「皆、グルジアぶどう酒を、いつもよりたくさん飲んだ。「百合子はそのへんでやめておけ」と、いつもは言うのに、自分がたくさん飲んでしまったせいか、主人は何も言わない。私は、つがれると飲み、つがれると飲み、すいすいと飲んだ」

いいなあ。

すいすい飲む、という書きぶりでジョージアのワインの飲み心地のよさはじゅうぶん伝わるけれど、百合子さんはこのワインに限らず、はじめて食べ、飲んだはずのお酒や料理について、存外、それほど詳細には記さない。

この日記の中で目を引くところは、未知のおいしさの描写ではなくて、ツアー同行者の中では最年長の「銭高老人」が繰り返して言う玉子礼賛の言と、それにつられてゆで玉子を大事に食べる百合子さんの姿。そして、泰淳さんが市場で見て食べたがった海老の、傷んでいる悲しい有様、ロシア人のげろの量の多さに感心するところなど、いわゆる美食から遠く離れたものばかりなのである。

銭高老人は、八十歳で、堺の生まれで、大阪で土木建築会社の会長をしていると紹介される。その会社とは今もある銭高組のことなのだろう、そして会社の沿革をみると、銭高久吉という人なのだろうと推察される。百合子さんはその銭高老人の軽やかで賑やかな台詞と行動を、仔細に書き留める。

たとえば、タシケント空港の食堂にて。

「銭高老人は、二個ついたゆで卵を一個食べて、一個はポケットにしまわれた。そして隣りの人の残したゆで卵も貰って、ポケットにしまわれた。銭高老人は、私にいってきかせる。

「卵が一番栄養じゃ。卵さえ食べとったら安心じゃ。消化はええし、やわらこうて。方々歩きましたがなあ。満州の奥でもどこでも、卵さえ食べとりゃ安心じゃ。ほかのもんは食べ馴れんで心配でも、卵はどこでも同じ。卵さえ食べとったら栄養じゃ」

私も主人の残したゆで卵を手提鞄にしまう。

関西ローカルのラジオから聞こえるような、よその土地の人に聞かせるためではない、けたたましくない大阪の言葉を文字に起こしたらやっぱりこんな風だなと思わせられる。

また、サマルカンドにて、昼酒と暑気あたりのせいで、ツアーを離れてホテルで休憩するという泰淳さんを置いて出かけた博物館見学の最中、銭高老人は百合子さんを気遣って声を掛ける。光と夏の花で溢れる中庭を横切るときの銭高老人のひとりごとに、たまらなく共感する百合子さんがいる。

「わし、なんでここにいんならんのやろ」

「私もそうだ。いま、どうしてここにいるのかなあ。東京の暮しは夢の中のことで、ずっと前から、生れる前から、ここにいたのではないか」

ツアーはモスクワで解散し、百合子さんら三人はストックホルムへ向かう。

泰淳さんは、ホテルの近所にある、じゃがいもがおいしいセルフサービスの食堂ばかりに行きたがる。「別のところへ行って食べてみたいと竹内さんはいったのに、またあすこへ行くと主人がいったのである」「「晩めしにしよう。あすこに行く」誰よりも先に主人がそう言った。折角、ストックホルムまで来たんだ、同じところでばかり食わずに別の食堂に行ってみよう、俺は行ってみたい、旅行というのはそういうものだ、と竹内さんは言っていたが、耳もかさないでメトロバー（店の名前）へ直行する主人に、苦笑しながら随いてくる」

頑固だなあ。旅先では、その人の気質が丸見えになる。

ここでは百合子さんは、飛行機酔いを引きずっていてあまり本調子ではない様子で、その上、北欧ではパンもトイレットペーパーも柔らかいこと、ホテルではきれいな水も熱湯もちゃんと蛇口から出てきて、ちゃんと流れ去っていく、という「物が豊富で迅速に事が運ぶ文化都市」の安楽さを無邪気に享受しようとはしない。

「感動というのは、中央アジアの町へ着いたときにした。前世というものがあるなら、そのとき、ここで暮していたのではないかという気がしたのだから」

このくだりを書き写していてやっと気付いたが、旅先での感慨の手触りはやっぱり、こういう風に、ふわあっとしているものなのだ。「旅行というのはそういうもの」なのかもしれない。

武田百合子（たけだ・ゆりこ）一九二五〜九三
神奈川・横浜生まれ。一九五一年、武田泰淳と結婚。六〇年、山梨県南都留郡鳴沢村富士桜高原に山荘を購入、そこで過ごした日々の記録は『富士日記』（中公文庫）としてまとめられている。七六年の泰淳没後にはエッセイ集『ことばの食卓』（ちくま文庫）、『日々雑記』（中公文庫）などを刊行。
『犬が星見た　ロシア旅行』は一九七九年に中央公論社より刊行された。一九八二年、中公文庫に収録。

2　台所で読む

『かぼちゃを塩で煮る』牧野伊三夫
――画家の台所に灯る火は

台所での正しい振る舞いはただひとつ。まず、やってみること。そこでもじもじして、ためらっていてもなにもはじまらない場所なのだ。

そういう意味では、画家、牧野伊三夫さんは、ほんとに正しい姿勢で台所に立っている。それは、食エッセイ集『かぼちゃを塩で煮る』を読むと、よく分かる。

エッセイの中には、レシピがとけこんでいる。分量も手順も、備忘録をそのまま書き写したようで、普段、料理をし慣れている人なら難なくのみこめるものだ。

「まずいまぐろのうまい食べ方」という一編で、そのタイトルに目が止まる。

東女である私は、幼時に、お刺身といえばまぐろ、と刷り込まれていることもあり、まぐろには思い入れがあるし、その三文字を聞くとなんとなくうずうずして、期待してしまう。しかし「まずいまぐろ」に出合うことは少なくないのが世の常。

とはいえこのエッセイは、うまいまぐろの描写からはじまる。「鮨屋のネタ箱に並んだ、しっとりとひかえめな赤色をしたまぐろを切ってもらって酒を飲む。まぐろは、なんと言っても赤身である。そしてときどき中トロ」

その色合い、間違いなく、おいしいまぐろ。

しかし、ある日、スーパーマーケットで牧野さんはうっかり、まずいまぐろをかごに入れてしまう。

「一切れ二切れ食べてこれはだめだと思ったら」、そんなまぐろを復活させるための、三パターンの調理法が紹介される。その中でいちばん私が心奪われたのは「鍋にそばだしをはり、砂糖やみりんを入れ、少々甘くしてブツ切りにした葱とまぐろを煮て食べる」というもの。これはつまり、ねぎま鍋。この短いレシピを読んで、子供だった頃の私が特に好きだったまぐろの食べかたが胸中に蘇る。夕食に出されるまぐろの刺身をあえて残して、翌日、祖母に生姜を利かせた醬油味に煮付けてもらうのが好きだった。子供の私の口には、生の魚よりもそのほうがおいしく感じられた。

そういや祖母は、葱と一緒に煮はしなかった。かつおのなまり節を同じ味付けで煮てくれることはよくあったので、その応用だったのか。そのまぐろの生姜醬油煮が、私にとっては、けんちん汁、俵型のポテトコロッケと並ぶ祖母の思い出三大味だ。

牧野さんの祖母の味はといえば「野蕗と鶏の炒め物」だそうだ。下ごしらえとして、皮を取った鶏もも肉を小口切りにして「黒糖をふって一～二時間ほど置いておく」とある。黒糖を、鶏肉の料理に使うということに私は馴染みがなく、行ったことのないよその国よりも遠く、エキゾチックな味のように想像される。

旅した先で見知った料理、たとえばペルーの「セビーチェ」だとか、あるいは本で読んだレシピを、そっくりそのままに再現することを牧野さんは重視していない。最初は忠実に辿っていたとしても、だんだんその料理の構造が分かってくれば、材料を組み替えたり手順を簡略化したりして、自家薬籠中のものにしていく。たとえば、固形ブイヨンなしでつくってもおいしくできる、というスープのつくりかたをある本で読んだところから、だんだんと手元に引き寄せ、「バンガロースープ」と名付けて、キャンプ場でつくるようになっていく過程が書かれている。

「初めは本のレシピに忠実に材料の豆や野菜、きのこなどを組み合わせていたが、この頃は、適当に家にあるもので作る。だいたいどんな野菜を入れてもよいと思うが、豆、じゃがいも、セロリ、にんにく、月桂樹の五つは必ず入る」

あるいは、「生姜の鍋」という一編には、こうある。

「以前は料理の本に書いてある通りに材料を買いそろえて色々な鍋に挑戦してみたり

もしたが、この頃はそういうことがほとんどなくなり、はんぺんでも芋でも、家にあるものを適当に入れて、長年の経験とカンだけで料理をする昔のおばあさんが作るような鍋になった」

そう、私もそういう「昔のおばあさんが作るような」料理を志向している。自分にとってそれはすなわち、祖母のようなスタンスでおかずをつくりたいということだ。祖母が亡くなり三年が過ぎ、それ以前に、祖母が台所に立ってこしらえた料理を最後に食べたのはもう二十年以上前だけれど、その気持ちはゆるぎないものとしてずっと胸中にあるから。

牧野さんのレシピには、自家製の「そばだし」が幾度も登場する。そうそう、前述のねぎま鍋にも使われている。瓶に詰めて冷蔵庫に常備しておく「我が家の大切な万能調味料」だというから、牧野さんの味の要というべき存在だ。牛丼にも、鍋ものにも使われ、自家製ラーメンのスープの軸にもなったりする。その材料は、かつお削り節、千葉は銚子の「ヤマサの丸大豆しょうゆ」、日本酒は「一番安いパック売りのもの」、たまり醤油は岐阜の「関ヶ原たまり」とのこと。つくりかたはこの本をぜひご参照あれ。

ところで、ここでヤマサか、と、少々意外に思った。なぜなら、牧野さんは東京に長く暮らしているとはいえ、北九州、小倉の生まれ育ちだから、意外な嗜好だ、と。するといえ、「そばだし」のつくりかたの次のページの「うどん」と題された一編に、私の小さな疑問への答えが記されていた。

「関西や九州では、うすくち醤油がよく使われる。うすくち醤油というのは醤油の黒い色をおさえて塩分を濃くしてあるのだが、僕は、なんとなく醤油のうまみが希薄な気がして使わない」

なるほど、たしかに、誰もが故郷の味わいの全てをいつまでもナンバーワンとして譲らずにいるわけではない。

ここまで挙げてきた『かぼちゃを塩で煮る』の個人的読みどころは、どれも共感に満ちたものばかり。ただ、これは私の暮らしにはきっと入れられないな、というものがある。それは、牧野さんの晩酌の随伴者である「炭火」だ。

「夏は羊肉やとうもろこしを焼き、冬は小鍋をかけて湯豆腐やとり鍋などをやる。よほど忙しいときでないかぎり炭火の隣に座り、二、三時間酒を飲む。それが我が家の晩ごはんである」

加熱が必要な全ての料理をその熱源に頼っているわけではない。多くのおかずは、台所にあるガスコンロの力を借りてこしらえるのだが「食事の間、炭が燃えているとなぜかほっと」するのだという。その炭火生活は四半世紀にわたるそうだ。プロフィールにある生年を見ると二十代後半からだと分かる。年季が入っている。九州の山奥にある温泉旅館にて、「いいな」と思ってから、ずっと。スイッチでぱちっとつけたり消したりするのは不可能な、得難い熱さと明かりに、牧野さんは自らの生業である、絵を描くことそのものを重ね合わせている。


牧野伊三夫（まきの・いさお）一九六四〜

福岡・北九州生まれ。画家。サン・アドを経て独立。北九州情報誌『雲のうえ』、「飛騨産業」公報誌『飛騨』編集委員。美術同人誌『四月と十月』発行人。著書に『僕は、太陽をのむ』『仕事場訪問』（港の人）がある。

『かぼちゃを塩で煮る』（二〇一六年／幻冬舎）は、二〇一一年に新潟日報に執筆したコラムと書き下ろしから成る、著者初の食エッセイ集である。

『毎日のお味噌汁』平山由香
――味噌汁を解放せよ！

『毎日のお味噌汁』をめくるかたわら、私がノートにメモしていたのはこの一言。

味噌汁を解放せよ！

『暮しの手帖』の創刊編集長、花森安治のことはもちろん尊敬しているけれど、彼の言葉の中でもとりわけ有名な「一つの内閣を変えるよりも、一つの家のみそ汁の作り方を変えることの方がずっとむつかしいにちがいない」は、味噌汁という一種のスープを、清く正しすぎる枠の中に押し込めてしまってもいたなと思う。味噌汁はもっと自由でいいし、家を飛び出したってかまわないはず。

「お味噌汁のために食材を買わない」「半端に残っている食材、出汁と味噌をパズルゲームを楽しむように仕立てる」というモットーのもと、料理家の平山由香さんは、朝の一杯をこしらえてそれを記録してきた。『毎日のお味噌汁』は、春夏秋冬、百五十一椀の味噌汁を写真とレシピで辿る本だ。

この本の見所は、表紙にもなっている「アヴァンギャルド味噌汁」だ。モッツァレラチーズとミニトマトを具に、オリーブオイルを吸口にして、白味噌でまとめる。味噌の白色の水面に赤色のトマトが浮かび、オリーブオイルがそこに金色の水玉を描いている。私は椀の中でこんな綺麗な冒険ができるのだということを忘れて、無難なおいしさに着地させるという方向ばかりに目を向けがちだったなと知らされた。

つくってみた味は、丸い、という印象。こくがあって、飲み終えた後の印象はさっぱりしている。一口、白ワインが欲しいな、とちらっと思いもする。白味噌の甘さと塩っぱさ、トマトの甘酸っぱさ、モッツァレラチーズの甘さと少々の脂っこさ、と、各々の甘味が集結していながら甘ったるくはなっていなくて、昆布とオリーブオイルが味に奥行きを出している。流石の組み合わせ、絶妙なチームワーク。

ちなみに、岡山は備前の白味噌を使うことを平山さんは薦めていたのだけれど、私は今暮らしている範疇で手に入る、京都の老舗「石野味噌」の白味噌を使ってみた。

慌ただしい朝の句読点として紹介される「マグカップ味噌汁」も、解放系味噌汁といっていい。たとえば、春のある朝なら、梅干し、塩昆布、乾燥わかめ、とろろ昆布、米味噌をマグカップに入れて熱湯を注ぎ、混ぜて、出来上がり。どんなに狭い台所でも、いや、お湯さえ沸かせればどこでもできる。読後はじめてつくってみたときは、載っているレシピを少々組み替えて、味噌、削り節、乾燥わかめ、刻み昆布、それと「塩こん部長」も足してみた。

ひとり分だけこしらえるのが億劫、味噌汁とはそういう汁物だと思い込んでいたけれど、マグカップ味噌汁は、ひとり味噌汁にこそ向いている。

つい、ひとりというところにこだわってしまうのは、味噌汁は誰かにつくってもらうもの、という前提で書かれている少し昔のエッセイをこないだ読んだせいかもしれない。お酒にまつわるエッセイ選集『ほろ酔い天国』※に収録されていた、評論家の澁澤龍彦の「塩ラッキョーで飲む寝酒」と題した一編では、酒席で「味噌汁の実は一種類にすべきか、それとも多種類にすべきかという問題」を論じあったとある。「あるファナティックな詩人の意見によると、味噌汁にワカメとネギを二種類ぶちこむなど、まさに言語道断、狂気の沙汰であって、ワカメならワカメ、ネギならネギと、きびしく区別するのが本当なのである。それが味噌汁の正しい（？）作り方なのだそうである。もっとも、こういう抽象的な議論にむやみに情熱を傾けるのは、大てい男であって、生まれてから味噌汁など一度も作ったことがない連中だろう。女は一般に現実主義的だから、こんな空理空論を追うことはない」

「正しさ」ではなくて「楽しさ」をお椀の上に映し出したいものだなあと思わされる。そして女性が現実主義者だとかなんとかいうよりむしろ、自分で手を動かしてこしらえていたならば「空理空論」の相手をしている暇はないのでは、とも。

平山さんの味噌汁に多く使われるのは、昆布の水出汁。「1ℓのお茶用ポットに10gの細切り昆布を入れて冷蔵庫で半日からひと晩」とある。アヴァンギャルド味噌汁のベースはいつもこの昆布水出汁だ。それに加えて「削り鰹をお椀の底にしのばせた簡単一番出汁」にするときもある。

余談として、出汁をとった後の昆布はたいてい、佃煮にするという道を奨励される場合が多い。この本でもそうだったけれど、私は焼きビーフンの具にしてみた。それはそれで、もちろん旨し。

あれこれと試していると、味噌汁に馴染みにくい具もあると分かる。平山さんが挙げているのは、つるむらさきとピーマン、どちらも青臭さが身上の夏野菜だ。出盛り期には安いし、それと虫食いの被害を受けづらく、育てる側としても楽な野菜ではあるのだけれど、青臭さが椀の中では不調和の元となりがちだ。そこで、つるむらさきと油揚の具に、針生姜と、山形の発酵系調味料「あけがらし」を吸口にして味をまとめたり、また別の日には、味噌を溶くときにカレー粉も加えたり、おろしたパルミジャーノレッジャーノチーズをかけたりしている。そしてピーマンは、青臭さをやわらげるため「焦げ目がつくくらい素焼きするか、油でソテー」してから出汁で軽く煮るなどしている。なるほど。

※『ほろ酔い天国』河出書房新社　二〇一八

平山由香（ひらやま・ゆか）
料理家、テーブルコーディネイター。テーブルコーディネイトの草分け的存在、クニエダヤスエに師事。料理教室「キュイエール」を主宰。二〇一四年より「お味噌汁復活委員会」代表を務める。著書に『一年中楽しむ野菜のカレー』（同朋舎）などがある。
『毎日のお味噌汁』（二〇一六年／アノニマ・スタジオ）は、味噌汁の常識の壁を打ち破りつつ一椀のおいしさは死守する稀有な本。

『おべんと帖　百』伊藤まさこ

――「見栄えだけ考えて入れるならプチトマトはなくてもいいよ」

お弁当はカラフルでなくともいい、と、常々思っている。私は断固として茶色いお弁当を愛す。その色は、醤油や味噌、それに揚げ物の衣などのおいしい色が活きている証でもあるから。

『おべんと帖　百』は、表紙からして茶色いお弁当揃いである。のり弁。名古屋に行ったときに食べ逃したことを悔いつつ握った天むす。じゃこを混ぜて握った丸いおにぎり。シンプルなヒレカツ。里芋とれんこんと大根と豚ばら肉を炒めてごはんに混ぜて、などなど、

これは、スタイリストの伊藤まさこさんが、高校生の娘さんのためにこしらえたお弁当を紹介する本だ。加えて、自分自身用のお弁当、友人知人に薦めてもらったお店で買えるお弁当など、合わせて百。レシピは付いていたり、なかったり。

おかずのつくりかたを手取り足取り教えてくれはせず、純粋にお弁当箱の枠の内側に広がる風景を楽しむことが主眼である。

お弁当を日々つくるという生活をしたことのない私のような者にとって、とても新鮮だったのは、ウズラの玉子の目玉焼だ。食卓の上ではなく、お弁当箱の小宇宙にこそぴったりのサイズ。

「うずらの卵は見た目にかわいいし、お弁当のすき間にも入れやすいのであるととても重宝します」

伊藤まさこさんは、この本からさかのぼること十年前にも『毎日ときどきおべんとう』という、お弁当の本を出している。娘さんが小学校に上がったばかりの頃、お弁当作りが日課となって間もない日々の記録だ。そこで紹介されているお弁当を見てみると、鶏つくね、干瓢巻き、鰆の味噌漬けなどが主役で、当時からやっぱり茶色いのだった。友人から、そんな地味なお弁当で娘さんは学校でいじめられないのかと心配されるほどに。しかしその娘さんは、十年後には「見栄えだけ考えて入れるならプチトマトはなくてもいいよ」とさっぱり言い放つ少女に成長している。

「私が年頃の頃は、お弁当の中身が茶色いと少しがっかりしたものでしたが、娘は一向に気にすることのない様子。見た目のかわいらしさよりも前に「ちゃんとおいしいこと」がいいんですって」

娘さんの意見に、大賛成だ。

伊藤さん本人は、ミネストローネ弁当の日に、具のひとつの金時にんじんについて「赤いものってかわいいなぁ」とひとりごちてもいる。でも、可愛いとおいしいはぴったり重ならないときだってあるから。ちなみに、そういった汁物をお弁当の主役にする日は、タイガーのスープ保温カップが活躍するそうだ。

お弁当に限らず、私はだいたいの局面において、可愛いよりも渋いほうを選ぶ質だ。それこそ十代のときから、ずっとそう。

だからこそ、この本には、渋さを後押しする道具が随所に登場しているのを見逃せない。まずは、お弁当箱からして曲げわっぱ。スヌーピーのプラスチックの箸箱に、京都の、竹箸が名高い『市原平兵衛』の箸を入れて持たせる。

ごはんの上に細切り油揚の煮付けと型抜きにんじんの甘酢漬けを載せる、というお弁当の日、使う型はこれも京都は錦市場にある、包丁や鍋の店『有次』のもの。

「型以外にも卵焼き器、ステンレスの片口ボウル、鍋など有次の道具はお弁当作りに毎日といっていいくらいお世話になっています」

『市原平兵衛』にも『有次』にも、ごてごて飾ったり塗ったりしておらず、素材の色合いがはっきり見えながら決して無骨ではない、簡素で品のある台所道具が並んでいるのを思い出す。

とはいえ、渋さ至上主義の私もここはひとつ譲歩すべきと思わされたことがあって、それは、スナップエンドウの開きについて。

サクラエビ入りの玉子焼きとナンプラーで味付けした炒りこんにゃくとスナップエンドウのナムルをごはんの上に載せた、黄色、グレー、緑色の三色弁当の日。スナップエンドウは「ゆでてごま油と塩と白ごまで和えてナムルにします。盛りつけの時に少し中の豆を見せるとかわいい」とある。私はこれまで、スナップエンドウのさやを開いて中の豆を見せるという盛り付けの工夫は、単に見栄えのためだけでしょと高をくくっていたのだった。しかし、あるときスナップエンドウのすじをとっていたらさやが破れてしまったので、ついでに開いてみた。すると、開くことで調味料が絡みやすくなって味付けが容易だし、口に入れたときに直に豆のつぶれる感触が分かるところもいいなと知らされた。可愛いだけでしょ、と、甘く見ていてごめんなさい。

娘さんがどんな教科が得意だとか、進路はどう考えているのかとか、そんな事柄はこの本には登場しないけれど「お弁当のおかずに煮詰まって「何がいい?」と聞くと、70%くらいの確率で「海老と空豆の揚げたの」という答えが返ってきます」とある。

そして前述のプチトマト問題なども重ねると、質実を見極める目のある女の子なのかなあ、などと想像してしまう。

ただ、伊藤さんはいつもいつでもそのリクエストには応えるわけではないそうだ。

「旬を知ってもらいたいなぁと思って、我が家では好物とはいえ季節限定のおかずにしています」

伊藤まさこ（いとう・まさこ）一九七〇～
神奈川・横浜生まれ。スタイリスト、エッセイスト。主な著書に『まいにちつかうもの』（主婦と生活社）、『松本十二か月』（文化出版局）、『あたまからつま先まで　ザ・まさこスタイル』（マガジンハウス）などがある。
『おべんと帖　百』（二〇一六年／マガジンハウス）は、雑誌『日々』36号の記事に、新たに取材した記事を加えて再編集された。

『きのう何食べた？』よしながふみ

――めんつゆとリアリティ

昨冬、行きつけの酒場で催された、出汁と日本酒を飲む会に参加した。乾物の店を営む人が、昆布出汁、いりこ出汁、かつお出汁について解説してくれる時間があって、その話しぶりは、生活上の実感に満ちていて、すっと腑に落ちるものだった。出汁を引いてそれを使って料理することが「正しい」わけではなくて「おいしい」から勧めているのだというスタンスで、押し付けがましさがなくて。これまで、出汁について語られるとき、そこには、一から出汁を引くことこそが正義、とでもいわんばかりの潔癖さが感じられることが少なくなく、それが苦手だったんだな、私、と気付く。

ただ、そこで教わった出汁の引きかたを自分の生活にそのまま組み込むというところまでは辿り着かないでいる。

ここ六、七年は、煮干の水出汁をうちのベースにしている。煮干しを水に浸して半日置く、ただそれだけ。煮干しを切らしたとき、あるいは仕込み忘れたというときは、買い置きしてある出汁パックを使う。まあ、なんといっても水出汁というのは、夏場はとりわけ、工程が涼しくていいというのも正直なところ。出汁を引くのに、ガスコンロを一口占拠されずに済むのもいい。

そんな自分の出汁事情を、出汁の会にて取っていたメモの横に書き出しながら、ふと気付いた。

シロさんは、作中で出汁を引いていないということに。少なくとも最新十四巻までは、一度も。

漫画『きのう何食べた?』の肝は、タイトルどおり、昨夜のごはんはどんなだったろう、というところにある。

弁護士のシロさんこと筧史朗は、二歳年下で美容師のケンジこと矢吹賢二とふたり暮らしだ。夕飯の担当は、基本的にはシロさん。献立を考えるときと、料理の時間と、それに向かってスーパーマーケットで品物を選ぶとき、シロさんの目は鋭く、所作には無駄がない。作中で一話に一度は必ずごはんをこしらえる場面が登場し、いつも仔細に描かれていて、その部分を切り取れば実用的なレシピとしても成り立つ。

この漫画の連載は二〇〇七年からはじまり、今も続いている。当初四十三歳だったシロさんは五十三歳になった。

連載第一回から、シロさんは、同じ職場の誰よりも早く仕事を切り上げて午後六時には席を立ち、スーパーマーケットのはしごをしながら「つゆの素」の底値についてひとりごちる、というキャラクターとして登場した。そして、ケンジの帰宅を見計って、しゃけとごぼうの炊き込みごはん、厚揚げと小松菜の煮浸しなどを食卓に並べる。そして、新商品だからとはしゃいでハーゲンダッツのアイスクリームを定価で買ってきたケンジを叱る。経済的でないと。ケンジが炊き込みごはんのお代わりをしようとしたらまた叱る。太るから、と。

ちまちました男だなあ、もっとゆったり構えていられないものか、と、リアルタイムで読んでいた、当時三十二歳だった私はむっとしたものだ。しかし今年、その頃のシロさんと同い年になる私は、もっとやさしく言いなよと思いこそすれ、食べものの値段については彼と同じくらい小うるさくなったし、十数年使ってきたごはん茶碗が大きすぎると感じられるようになり、一回り小さなものに変えたばかりでもある。時を超えて読み返すとおそろしいほどのリアリティ。

そんな風に、はなから感情移入してはまった漫画ではないにしろ、その後もずうっと読み続けているのは、実用的な料理漫画だからだということよりも、シロさんの立場にシンパシーを感じているというほうが実は大きいのだった。実家を出て、自分で見つけた連れ合いとふたりで暮らしており、共働きで、子供はいない。そこだけ切り取れば、私と同じだ。

ただ、シロさんがゲイであることは前述の第一話からはっきりと宣言され、マイノリティであることの悩みや辛さは話を進めていく上で幾度も浮上し、切り離せない。

しかし、うちは男女ふたりという、一見、世間から浮くことはなさそうな組み合わせであるにも関わらず、その暮らしをいかに飽かずに穏当に続けていくかについて心の支えを得たいとき、繰り返して手に取るのはやっぱり『きのう何食べた?』なのだった。実家との軋轢、ご近所友達の孫の成長、職場での立場の変化など、世間との行き来を絡めながら、そのやりくりの仕方をずうっと描き続けてくれている、現在進行形の漫画というのは存外稀有なものなのだ。

シロさんの台所の決めごとは「おかずは甘じょっぱい・しょっぱい・すっぱいのバランスを取る事」「どっかに必ず　緑黄色野菜を　入れておくようにする」こと。五十歳を超えてからは「一汁三菜の　献立の時は　「少なくとも　一品はノンオイルルール」」が加わった。そこに、自身とケンジの嗜好の折り合い、ふたり暮らしの予算内に食費がぴったり収まることを前提に、献立を決める。

食費は、当初は月二万五千円と設定されていて、十一巻からは物価の高騰により三万円となる。朝、夕と、うちで食べる二食の会計をその中に収めるというルールをシロさんが決めたのだ。各々が仕事先で食べるお昼ごはんと外食は別会計。だからそんなに厳格な決めごとではない。

ただし、前述の、出汁を引かない、ということについては徹底している。とはいえ、ケンジの友人をうちに招んでもてなす機会があり、少しよそゆきのメニューをこしらえようかどうしようか逡巡しつつも「いつも通り　めんつゆとか　顆粒だしとか　使っちゃうぞ俺は　使っちゃうぞ‼」と、自身を鼓舞する。こだわらないことにこだわっている、ともいえるかもしれない。

たとえば、シロさんの味噌汁は、具を煮てから、小袋入りの顆粒の出汁の素を溶いて味噌を入れるというもの。より簡便なものとしては「お椀にとろろ昆布と　だしの素少々を入れ　しょうゆをくるりとかけて　後でお湯で溶く　カンタン吸い物」なども紹介される。

肉じゃがだったら「味付けは　めんつゆメインに　砂糖としょうゆで　微調整」「にんじんとか入れた方が　ヘルシーなのは　分かってるんだけど　肉じゃがは俺ど

うしても　これが好きなんだよなー」。ケンジはおいしそうにそれを食べながら、若かった頃は、肉じゃがは添え物的なおかずだと思っていたけれど、今ではメインディッシュでもいいくらいだね、というようなことを言う。そういや、シロさんの四十七歳の誕生日の、好物尽くしの献立は「たけのこごはん　あさりのみそ汁　お刺身サラダ　グリーンアスパラガスの白あえ」で、ケンジは「敬老の日の　ごはんみたい」と胸中でつぶやいていた。

そうそう、瓶詰めの「白だし」を、私は『きのう何食べた？』を読んではじめて買ったのだった。スーパーマーケットの棚で見かけてはいても、どういう局面で使うのかいまひとつぴんときていなかったが、八巻でおでんをこしらえるときの、シロさんの「出でよ白だし　今こそ　お前の出番」という台詞に惹かれて、鍋や煮物にしばしば使うようになった。同巻には、スナップエンドウをさっと茹でてざるに上げ、冷めないうちに「白だしとみりん少々を　水で割って　ゆずこしょうを溶いたもの」に浸し「冷蔵庫で30分ほど　冷やしたら出来上がりね」というメニューも登場する。

小袋入りの顆粒出汁、めんつゆ、白だしはシロさんの調味の根幹を成している。それは、よその誰かに誇示するためではない、ハレとケのどちらかといえば間違いなくケのごはんの象徴なのかもしれない。

ちなみに、彼以外の登場人物が出汁を引く場面や台詞は存在するので、物語上から、出汁を引くことそのものが排除されているわけではない。

たとえば、シロさんの友人が夕食用に煮干の水出汁を冷蔵庫に仕込んで出かけたのに、連れ合いが勝手に夕方のひとりチゲ鍋に使った、というエピソードが登場したのは、煮干水出汁は私のうちと同じだなあ、と、よくおぼえている。またシロさんの職場で事務員をつとめる人が、なすの揚げ出しをこしらえる場面の台詞には「乱切りにして　素揚げした　なすとししとうを　濃いめのかつおだし　しょうゆ・みりんを合わせた汁に　漬け込んで」とあって、その脇に作者の手書き文字で「シロさんならうすめた　めんつゆで　いっちゃうところです」と一言添えられている。

シロさんの姿勢は徹底している。そこに、シロさんの頑固さがあらわれている。台所に浮き沈みをつくらず、楽しくも飽かずにケの夕飯をつくり続ける、型通りの幸せに沿わずとも、自分なりに築き上げた日常を守っていく、そのためにはそれくらいの頑固さが必要なのだ、きっと。

よしながふみ　一九七一～
東京生まれ。漫画家。代表作に『西洋骨董洋菓子店』『フラワー・オブ・ライフ』（新書館）、『大奥』（白泉社）などがある。

『きのう何食べた?』は週刊青年漫画誌『モーニング』（講談社）に二〇〇七年より連載中。二〇一八年九月現在、単行本が十四巻まで刊行されている。

『ダダダ菜園記　明るい都市農業』伊藤礼
——大根、クワイ、さつまいも

三〇㎡の「農業体験農園」に、足立区の端っこで三年間取り組んでいた私。そのあいだ『耕せど耕せど　久我山農場物語』にはずいぶん助けられた。練れた、とぼけた筆致で、野菜を育てるということは際立って特別なことでも高潔なことでもない、と、教えてくれる。

エッセイストの伊藤礼さんは、七十代に入ってから、東京は杉並区の住宅地にある自宅の庭を耕しはじめたという。七十八歳の夏からおよそ一年半の畑の記録が『ダダダ菜園記　明るい都市農業』と改題されて、ちくま文庫に入っている。新たに付けられたタイトルのほうが、この本の軽妙さを上手く表していると思う。ダダダダ、というのは、一三m×三mの、家庭菜園を耕すための、小さな耕耘機の立てる高い音だ。なんといっても、野菜の様子を描く筆致が、実感に満ちていて素晴らしい。

「トマトは毎年作るが、やはり出来不出来というものがあって、出来ない年のトマトは前年の使い残りの湿った花火のようなものだ。いちおう実がつくが数も味もパッとしない。お義理だけで済まそうという作柄だ」

「ダイコンは不思議な植物だ。厳寒のボディブローを受けているのに、正月を越してからの一ヵ月のあいだに、本体が十センチぐらい成長して地面からせり出している。風呂桶から立ち上がった人間に似てきた。発育不良と諦めていたが、このところ妙な行動に出てきている。これからどうするつもりなのだろう」

野菜にそれなりの人格を見出している。菜格、とでもいえばいいだろうか。

たとえば伊藤さんが初秋に蒔く種は、春菊、青梗菜、ルッコラ、小松菜に、前述の大根。朝にその時期の葉物などをさっと収穫してまわり、お皿に敷いたところに、玉子とベーコンやソーセージをフライパンで焼いたのを載せる、という台所の風景が幾度か登場する。それができるのも、伊藤さんの畑は食事をする部屋の窓から見えるところにあるから、というくだりを読んで、自分はそういう距離感で畑をやってなくてよかった、と、つくづくほっとしたものだ。とはいえ私の畑は当時暮らしていた集合住宅からは自転車を走らせて三十分強のところにあって、その遠さにげんなりさせられたことは一度や二度ではないのだけれど、かといって、ふと目を上げればそこに広がっていても、それはそれで困るのだ。なぜかというと、畑の様子が気になって気になって、こういう書き仕事などが手につかなくなることが明白だから。畑は動いている。野菜は各々、葉を広げ、つるを伸ばす。水をやったり、支柱を立てたりしてそれを助けてやらなければならない。そして、こちらの隙をついて、害虫たちがやってくる。

「毎朝目をさますと、いまこの瞬間でも青ムシが芽キャベツのいちばん柔らかい葉っぱを食べているかもしれないと思うのである。そうするとフトンの中に安住していられず、がばと跳ね起きてパジャマのまま農場に出撃する。外出中も、青ムシがいま現在ブロッコリの若葉を食べているかもしれないと思うといたたまれなくなり、急遽帰路につく。そういう時、電車ののろさにじりじりする」

虫たちを直につぶすにしても、農薬をかけるにしても、どのみち殺生をしなくてはならないことに代わりはない。かわいそう、などと躊躇していると、代わりに野菜がかわいそうなことになる。

畑をやっています、農家というわけじゃなくて、まあ、趣味で、と言うと、さぞやのんびりした時間に浸っているのだろうと解釈される場合が少なくないのだけれど、大間違いだ。市場に出荷するでなし、好きでやっているはずなのに、どうにも心が休まらない。菜園はいつも焦燥に満ちている。もちろん、育ちつつある段階だけでなく、収穫期の最中はもちろん、それに、種を蒔く前だって。

「先週、図書館に本を返しに行ったとき、通りがかりの元専業農家の畑に春キャベツの苗が植わっていたではないか。あれを見たときにはドキリとした。すでに戦争は始まっていた」

種蒔き、あるいは苗の植え付けをするには、ちょうどいい頃合いを見計らわないといけない。しかし、畑を専門にやっているわけではないせいか、つい後回しにしがちで、結局は追われるような気持ちでようやく着手することになる。

「種蒔きを終えたときはじつにほっとした。その気持ちの中身は、これ以上遅れなくて良かったという気持ちと、全然あきらめてしまわなくて良かったという気持ち、遅くはなったがこれでもなんとか行くだろうという気持ち、その三種類が混ざり合った気持ちであった」

伊藤さんが抱いたこの三種の気持ちが入り混じった感慨に、畑をやっていたあいだの私の胸中は何度満たされたことか。

伊藤さんはしばしば自転車をこいでよその畑を見学してまわっている。私もそれをよく真似していた。柵越しに覗いて、つくったことのある野菜については自分のところのと比べて、よくできてる、とか、もっと手をかけて世話してやればいいのにもったいないとか、勝手な感想を抱くのだが、ただ食べたことはあっても、種のところから収穫し終えて抜いた後を片付けるまでを見届けたことのない野菜については、ただ眺めても、こちらの心中にはなにも去来しない。顔は知っていても話をしたことのない人、という印象だ。ただ、それについて書かれた文章を読めばも少し興味が湧くというもので。

そういう、私はまだ栽培したことのない野菜で、『ダダダダ菜園記』では大きくページを割かれているものは、ふたつあった。クワイとさつまいもだ。

クワイを栽培する経緯については、どの野菜よりも事細かに描かれる。「わたくしは正月というものをすでに七十八回経験した人間であるが、正月以外にクワイを食べたことは無いのである」おせちに入れられる以外には、あまり馴染みのないクワイを、普段の日にも食べたい、という願いを自力で叶えようと。

クワイはれんこんと同じように水の中で育つということを私は『ダダダダ菜園記』を読むまで知らなかった。クワイを食べたことがあるかといわれれば、伊藤さんが書き表すところの「大きさはクリぐらいであり、食感もクリのようにホクホクしている。しかしある種の苦味があって、クリのように簡単に味を説明しきれるものではない」

という味わいには心当たりがある。

さつまいもについては、七十年程、時をさかのぼり、伊藤さんが小学生だった頃、第二次世界大戦中に、お父さんが自宅の庭でつくっていたのを手伝ったところまで記憶が巻き戻される。「昭和十八年、わたくしの家は世田谷の祖師谷にあった。戦争が日本に不利になってきて食糧難が始まったとき、食糧自家生産のために父親がずいぶん無理をして買った家だった。京王電車の分譲地だった」そこで、さつまいもやとうもろこしをはじめとした「ともかく腹に溜まる食糧」をつくりながら暮らした。終戦直前にその家を手放して北海道に疎開し、戦後に南多摩郡日野町（現・日野市）の雑木林の中に家を建て、再び畑をはじめる。中学三年生になっていた伊藤さんはそこでさつまいもをつくるために、もともと生えていた木の根っこを抜き、収穫したいもを保存するための深い穴を掘る。

十代の伊藤さんと七十代の伊藤さんは、同じことをしている、ともいえる。もちろん、その背景はまるで違っているのだけれど、世の中は変わっても、昔やっていたのと同じことをして暮らせること、それは、たまらなく幸せな風景として私の目に映る。

伊藤礼（いとう・れい）一九三三〜

東京生まれ。二〇〇二年まで日本大学芸術学部教授を務める。主な著書に『伊藤整氏奮闘の生涯』（講談社）、『パチリの人』（新潮社）、『こぐこぐ自転車』（平凡社ライブラリー）などがある。

『ダダダダ菜園記　明るい都市農業』は、二〇一三年『耕せど耕せど——久我山農場物語』の書名で単行本で東海教育研究所から刊行された。二〇一六年、ちくま文庫に改題され収録されている。

『食卓一期一会』長田弘

——叙情とレシピが重なり合う詩

料理するとき、あれ、どうやるんだっけ、と、手順を忘れてしまったとき、あるいは、材料が手元に来てしまったけれどそれをどう扱っていいか分からないとき。そんな局面において、本棚から取り出したレシピ集をめくるよりも、iPhoneでささっと検索することのほうが明らかに多くなっている今日この頃の私。しかし、検索をしてその要点だけ見て当座をしのぎ、後日再び同じものに取り組もうとして、また忘れちゃったな、ということは少なくない。

慕っている人が考案したレシピだとか、添えられていた出来上がりの写真がとても情緒あるものだったとか、なにかしらの思い入れがないと、そこそこ混み合ってきた頭の中にはどうにも入り込んでくれなくて。

長田弘さんの詩集『食卓一期一会』には、叙情とレシピが重なり合う詩がいろいろと収められている。たとえば、「天丼の食べかた」。天丼が好物だったおじさんの述懐という形で描かれる。レシピを一部切り取ってみると、たとえばこうだ。

「肝心なのはつゆで、つゆは／普通の天つゆに味醂と醤油と／それから黒砂糖をちょっぴりくわえる。／くつくつ煮つめる。／白砂糖じゃないよ、黒砂糖だ。／汁とたれのあいだくらいの濃さに煮つめる。」

そのつゆを弱火にかけて温めておいて、そこに天ぷらを浸して、炊き立てのごはんに載せる。全てが熱々だ。その上からさらにつゆをかけて、少しのあいだだけ蓋をしておくのだとある。

これは、『ロッパ食談』に収められているエッセイにある、ロッパさんこと古川緑波が愛食した、全体に濃い茶色に仕上がる東京の天丼と同じだ。

また、「食べかた」シリーズといえる「ユッケジャンの食べかた」と題された詩は、「悲しいときは、熱いスープをつくる。」とはじまり、出来上がりまでの工程を辿ってから、力強い三行が挟まれる。

「スープには無駄がない。／生活には隙間がない。／「悲しい」なんて言葉は信じないんだ。」

こういった、詩の中にレシピがあるものについては、実際に食べてみたり、また別の文献にあたってつくりかたの確認もしたと、巻末に記してあって、佐藤雅子『私の保存食ノート』や西川治『マリオのイタリア料理』などの参考文献も掲載されている。ピーマン、トマト、マッシュルーム、チーズを小さく刻んだ具入りのオムレツをこしらえる手際のよさと、孤独。イタリアの食の軸となるトマトソースに玉子を割り入れてさっと煮たものと、晩の静けさ。

アメリカの朝食、「ハッシュド・ブラウン・ポテト」の詩は、特に、長田さんらしいなと思う私。長いドライブの途上で立ち寄った店で注文するハッシュドポテトは「ポテトがとてもよく細かく刻んであって、／きれいな焦げ目がついていて、たがいにくっついてて／ポテトがカリッと口に明るいようなやつ。」前の晩に茹でておいたじゃがいもを、賽の目切りにして、ベーコンの脂で炒める。その一皿の背景にある景色は、さりげなくも素晴らしい。

「朝の光りが古いテーブルを清潔にしている。」

この「朝の光り」は、どうしようもない物悲しさの在り処を認めながらそれを明るく照らし出す長田さんの詩そのもののようだ。詩集とは、やりきれない気分があふれそうなときにこそ手に取るものだったとも、思い出す。

『食卓一期一会』を私がはじめてめくったのは、およそ十年前のことだった。三十年ぶりに復刊されたこの文庫版では、小説家の江國香織さんが解説を書いている。そこでもふれられている、腕の太いイタリア女の語り口で綴られる詩は、はじめて読んだとき、やはりぐっときたなと思い出す。

「パンのみにあらずだなんて／うそよ。／パンをおいしく食べることが文化だわ。／まずパンね、それからわたしはかんがえる。」

この言葉に、この本に収められた詩の全てに通底する実践の精神がぎゅっと詰まっている。手を動かしてみて、そこからこぼれ出したものを濾し取ったような言葉。

再読してみて、対になっている詩があると気付いた。「言葉のダシのとりかた」と「コトバの揚げかた」。

巻頭に置かれた「言葉のダシのとりかた」では、「言葉の一番ダシ」は、選び抜いた言葉を、削り、煮出して濾しとる、とある。水に浸けて一晩置いておくような静かな出汁の引きかたは、言葉の扱いには不向きだと、長田さんは考えている。そうやって言葉を研ぎ澄ますことは、借りものを使ってはできないのだとも。

「他人の言葉はダシにはつかえない。／いつでも自分の言葉をつかわねばならない。」

と、この詩はしめくくられる。

「コトバの揚げかた」という一編では、「じぶんのコトバ」を骨付きの鶏肉にたとえ、余計な脂を取り除いて、衣をつけて油で揚げて、かぶりつく。

「食うべき詩は／出来あいじゃ食えない。／コトバはてめえの食いものだもの。」

そう、「自分の言葉」を持つべきだ、と、長田さんは繰り返す、テンポよく。

長田弘（おさだ・ひろし）一九三九～二〇一五
福島生まれ。詩人。一九六五年、詩集『われら新鮮な旅人』でデビュー。主な詩集に『深呼吸の必要』（晶文社）、『人はかつて樹だった』（みすず書房）、エッセイ『ねこに未来はない』（角川文庫）などがある。
『食卓一期一会』は、一九八七年に晶文社より刊行された。二〇一七年、ハルキ文庫に収録。

『佐野洋子の「なに食ってんだ」』佐野洋子

――「すこしなめてみました」

くっきりと明るい叙情。辛さ、悲しみをえがいても、どこかに明るい光が射し込んでいる。それが、佐野洋子の文章の個性だ。

この本は、彼女が書いた文章の中から、食べものが登場する場面のみを切り取って五十音順に並べ、そのあいだに、イラストや在りし日のポートレイト、愛用していた調理道具、息子さんの記憶に基づき再現された料理の写真などをはさみこんで構成された、楽しいコラージュのような本である。

単純においしかったね、というあっさりした話はほぼない。一筋縄ではいかない、というべきか。

たとえば「ち」の項では、とっておきの中国茶を持って訪ねてきた友人が、一杯だけお茶を淹れたら、残りの茶葉はまた持ち帰っていったことを喜ぶ。

「百グラム全部もらったらあの感激はすぐ消えてしまっただろう。あまりのうまさに私にも一口味わわせてやろうと、ハンドバッグに大事なお茶を入れてはるばる電車にのってやって来てくれたのだ。そのへんの果物屋で、義理の手土産を持ってくるのとありがたみが違う」

それほどまでのお茶ならこちらも一杯飲んでみたい、というよりは、そういう付き合いが許されている間柄がうらやましくなる。私にはそんな振る舞いが許される友達はいるだろうか、とふと振り返る。

同じく「ち」で、ちらし鮨の味がぶれてしまうことを憂う。

「自分で、驚くほどうまいちらし寿司を作り、その次は吐き出したいほどのちらし寿司を作る。本当に吐き出す。その間は可も不可もない不安定なちらし寿司を作るのである」

この悩みは「ほ」の項にも登場する。

「いつか、スジ肉を沢山入れたポトフのあくをとっていた時、めんどくさくなって、ザルに鍋ごとぶちまけて、スープと肉や野菜をわけた」

そのスープは少し濁っていて、さらに漉してみる。

「コーヒーの濾紙を大きなコップにのせて、汁をこしたら信じられないくらい透明なスープが出来た。飲んでみたら帝国ホテルも顔負けのコンソメが出来た」「その日は肉と野菜にからしをつけて、コンソメを飲んで、一人で感動していた」

後日、今度はコンソメをこしらえようとして、先だってのポトフと同じような材料と手順でこしらえはじめた。スープを漉すところでつまずいた。澄まない。

「何で同じにならないのだ」

ここは私があまり悩まないところではある。それは、いつも同じ味に着地させることができる自信があるからではなくて、自分の口がいつも均質な味を感知できないだろうという諦めから。

「み」の項には、六十五歳になる年に書かれた、みかん寒天の話がある。幼い頃「バットの中に甘くした寒天液を流し込み輪切りにしたみかんを並べて、四角く切って食べ」たという、素朴なお菓子の思い出。それを反芻しながら、佐野洋子は驚く。思い起こすそのお菓子の輪郭がくっきりとしすぎていることに。

「あのみかんをほじくった後の寒天のぎざぎざしたへこみのぶるぶる透明な小さなかけらのへりの光りよう、ホーローのバットの角が少しせり上がるように寒天がホーローにひっついて、その角にだけ小さなあわがあった」というその姿が、「現実的でないくらいの鮮明さで、頭の中にシャカッ、シャカッと出現する」ことに、驚いている。

「これって、恐ろしい事に、すごく私が老人になったという事ではないのか。老人は昨日の飯を忘れても幼年時代の記憶が、めりめりと鮮やかになってゆくそうだ。私が子供を育てていた人生の盛りの頃の何かが、このような鮮やかさで、私に復活する事はない」

酷薄なことを、あっけらかんとした筆致で書く。読むこちらはまだその境地を自分の身の上では知らないが、なぜかそこに行っても大丈夫かもしれないと思わされる。

『佐野洋子の「なに食ってんだ」』には、食べものの他の、幼時にふと口に入れたものも、いろいろと登場する。それも晩年には鮮やかな図像として頭の中に蘇ったものなのだろう。

トンボ鉛筆のおしりをかじる。今朝の新聞と古新聞との味は違うと書く。セーターの一端を口に入れてしまう。「私は毛糸を食べるのがきらいだった」その口触りはどうにも不快だからだ。なのに「私は授業中にセーターのほつれを食べずにいられなかった」。地べたにあった石ころは「すこしなめてみました」。その味は「ちょっとだけしょっぱい」と感じたとき、父の声が聞こえて我に返る。その、佐野洋子のお父さんが発した言葉が、この本のタイトルになっている。

つい毛糸を口に入れてしまうような幼心の奇妙な衝動から、ちらし鮨の味の整わなさ加減まで、佐野洋子が書いた食べものの話の中で、なかなか御することができない自分自身と味そのものが映し出されるものに特に私は引き付けられてしまう。そこには、身をよじる焦ったさと、跳ねるような実感、つまり、生きている手応えがあるなあと。

この本では、エッセイ、童話、小説などから、書かれた時期もシチュエーションもばらばらに文章が引用されている。名高い絵本『百万回生きたねこ』もある。自身の日常を綴ったものも、物語としてつくったものも、こうやってその一部を切り取って並べてしまうと限りなく境目が曖昧になる。その前後が分からなくとも、どうにもぐっときてしまう。まるで、耳にしたのは途中からでも、つい引き込まれて、聴き入ってしまう曲のフレーズのようでもある。「すこしなめてみ」るだけでも、伝わってくる。その明るい味が。

佐野洋子（さの・ようこ）一九三八〜二〇一〇
中国・北京生まれ。絵本作家、エッセイスト。主な絵本に『百万回生きたねこ』（講談社）、エッセイ集に『役にたたない日々』（朝日新聞出版）、『シズコさん』（新潮文庫）などがある。二度目の結婚相手は詩人の谷川俊太郎。

『佐野洋子の「なに食ってんだ」』（二〇一八年／NHK出版）は多数の著作から、口に入れたものの描写を選り抜いた本。登場する料理の再現は、息子の広瀬弦。撮影は安彦幸枝。

『謎のアジア納豆　そして帰ってきた日本納豆』高野秀行

――納豆、あたためますか?

居酒屋の品書きに、納豆のつまみがあるとうれしい。例えば、納豆に葱のみじん切りを混ぜて、半分に切った油揚に詰め、口をきゅっと閉じて油で揚げたものとか。ただ、品名から、納豆に火が通ってなさそうだと察される場合は注文をためらう。さらにいえば、納豆といえば、炊き立てのごはんだよね、という発想に誘われがちな人は少なくないと思うが、納豆かけごはんにはあまりときめかない私。

いや、別に、納豆は酒の肴である、と主張したいわけではなくて、冷蔵庫から出して間もなく、冷たいまま食べるよりも、火を通したほうが好きなので。

高野秀行さんの辺境食ルポルタージュ『謎のアジア納豆』は、これは我が国独自のおかずだと思い込んでいる日本人の「納豆選民意識」をぐらぐら揺さぶる本だ。しかし私は揺られながらも、生のまま、火を通さないままの納豆は、よその国ではあまり支持されていないという事実に、ほらね、と、にやりとする。とはいえ、そういう嗜好の私は日本ではたしかにマイノリティではあるから、なんだかややこしい。

「アジアの大陸部で作られている納豆」略して「アジア納豆」。

そのひとつ、ミャンマーのシャン族が愛好する「トナオ」について、高野さんの旧友は「トナオを入れるとなんでもおいしくなるんだ」「シャンのアジノモトだよ」と語る。

チェンマイにて、シャン料理店の店主に「トナオは熱するといいのよ。香りが出るから」と教えられる。そう、納豆はここでは、料理にこくを出すための調味料として使われるのだ。

高野さんが、店主に、日本から持参した藁づと入りの納豆をお土産として渡したところ、興味深そうに匂いを嗅いでから、料理が始まる。「タマネギ、生姜、唐辛子を刻み、中華鍋で先に少し炒めたあと、次に納豆をポンと放り込んだ」そして三分程炒めて、仕上げにパクチーを加える、とある。書き写しているだけで元気が出る一皿。

「生より固めの豆をこりっと嚙むと、納豆の旨味が口の中にパッンと弾ける。油でコーティングされた分、旨味が凝縮されているようだ。一度も食べたことがない味なのに、昔からよく知っている味に思えた。糸引きがなくなっているのに、旨味が変わっていないことも驚きだった」

それに近しい「トナオ・メッ・クー（粒納豆炒め）」という「糸引き納豆（粒納豆）に卵と唐辛子、トマトを混ぜて炒めた料理」も紹介される。けれど、生の納豆よりも、平たく延ばしてせんべい状にして天日干しにしたものが調味料としてよく使われているというところに高野さんは目をとめる。旧友のお母さんの台所を訪ねると、その煎餅納豆を油で揚げてから細かく砕いたものを使う料理は、汁物、和え物などいろいろあるのだと分かる。

高野さんはそうやって、ミャンマーを中心に、タイ、ネパールで、納豆料理を食べさせてくれる人、自家製納豆をこしらえ、市場に売りに出る人を探し、訪ねまわる。そこから日本に帰ってみると、正方形の発泡スチロールに詰められて普通に流通している大手メーカーの納豆は、糸を引きすぎるし、豆の味が弱い、というところに違和感をおぼえるようになる。そこで、大陸での見聞を活かして納豆の自作を試みる。大豆を煮て、藁、イチジクの葉、ビワの葉などに包み分けて、どんな納豆が出来上がるか実験をする。

クラシックな納豆といえば、茨城は水戸土産に代表されるように、藁づとに包まれているものと思い込んでいた。ただ、それは日本だけの話で、高野さんが見たアジア納豆は、その土地毎に、入手しやすい「大きくて包みやすい葉」に包まれていた。「ただ、民族や地域、個人によってこだわりがある。特にシダ、クズウコン科フリニウム属、クワ科イチジク属の葉を使っている人は「これを使うと味がいい」と主張する」が、そこに藁は登場しない。日本では、藁に包まないといけないとこだわるあまり、水田で農薬が多用されるようになった高度成長期以降、自家製されることがほとんどなくなってしまったという説を高野さんは立てていて、それは盲点だった。「日本の手造り納豆絶滅は「納豆＝ワラ」しか知識及び習慣がなかったゆえの悲劇なのである」

さらに高野さんは「日本史の文献上に現れる納豆を調べている筑波大学の石塚修教授」を訪ね、歴史を辿る。平安時代からつくられていたようで、幕末までは納豆汁として食べるのが普通だった、とある。

「千利休は死ぬ前年からの茶会で使った料理の献立を書き残している。『利休百会記』と呼ばれるこの記録には、納豆汁が全部で七回、登場する」

「江戸では冬になると朝、納豆売りが、煮豆を一晩発酵させただけで作った「一夜漬け」のような納豆をザルに入れて売っていた。庶民はそれを買うと、包丁で叩いて、つまり細かくして汁にしていた」

ただ、明治以降、納豆汁の記録は激減するのだという。なぜなのだろう。この本を読んでからしばらく、スーパーマーケットや産直の納豆売り場を注視し続けていた。東北では「納豆汁の素」を見かけることが珍しくなかった。手元にそのラベルが二種類とってある。

ひとつは、秋田は大仙市のもの。原材料の欄には「納豆、味噌」とある。レシピもあって、出汁を煮立てたところに豆腐やきのこなどの具を入れて煮て、それからこの元を入れ、セリ、葱などの薬味を加えて仕上げるとある。

もうひとつは、山形は白鷹町製。納豆と味噌に加えて、麹、塩もあらかじめ入っている。こちらのレシピは出汁なしで、豆腐、油揚、にんじん、いもがらなどの具と素だけでこしらえるというものだ。

これらの素を買って納豆汁を幾度かこしらえてみたけれど、塩加減の調整は自分でやりたいなと思い、好みの塩梅に味噌汁をつくってから仕上げに擂り鉢ですりつぶした納豆を入れる、という納豆汁に落ち着いている。真冬の晩におすすめ。

納豆汁をつくって、そして食べているあいだ、部屋は納豆のむーんとした匂いにこれでもかと満たされる。焼肉みたいに髪や服に染み付いたりはしないけれど、この匂いの主張の激しさが、納豆汁がもう流行らない理由のひとつかもしれないな、そう思いもする。

エピローグに、高野さんがこれから食べてみたい納豆として挙げているのは「ブータンのチーズ入り納豆と朝鮮半島のチョングッチャン」「西アフリカで広く食されているという納豆「ダワダワ」」とある。こないだ、そのアフリカ納豆が登場する新聞記事を見つけた。記事中では「ダダワ」と表記されているが、きっと同じものだろう。ナイジェリアでの話で、「カルワという木の実をゆでて皮をむき、1日置いて、せんべい状につぶし乾燥させる」ものとあって、調味料として使うという。なるほど「トナオ」にそっくりだ。「味の素の現地子会社「ウエスト・アフリカン・シーズニング社」の小林健一さん（52）に話を聞くと、「ダダワから納豆菌を検出し、グルタミン酸を多く含むうま味調味料としての役割を果たしていることを確認しました」と説明してくれた」とあった。二〇一八年六月二十九日付の読売新聞より。

さらにその後、この小林さんは、高野さんの幼馴染で、しかも『謎のアジア納豆』の刊行をきっかけにふたりが四十年振りに再会したと知る。納豆の糸を引いていけば、懐かしい関係も今に繋がるのだった。

高野秀行（たかの・ひでゆき）一九六六〜
東京生まれ。ノンフィクション作家。一九八九年『幻獣ムベンベを追え』（集英社文庫）でデビュー。主な著書に『イスラム飲酒紀行』（講談社文庫）、『謎の独立国家ソマリランド　そして海賊国家プントランドと戦国南部ソマリア』（集英社文庫）などがある。

『謎のアジア納豆　そして帰ってきた〈日本納豆〉』（二〇一六年／新潮社）はアジア大陸と日本の食の共通点と相違点を見出すルポルタージュ。

『パンソロジー　パンをめぐるはなし』池田浩明・編

――パンはほわっと柔らかいだけではない

「ブレッドギーク」つまり「パンおたく」と名乗り、パンの研究所「パンラボ」を主宰する池田浩明さんが選り抜いた、パンの小説、エッセイ、論考、童話あれこれ三十八篇で構成されている、『パンソロジー』。収録されているのは、少し昔に書かれたものがほとんどだ。翻訳ものもそのうちの三分の一以上ある。

一篇一篇を辿っていくと、池田さんは、真に、パンは日常であると捉えているのだなと感じられる。それはなぜかというと、そのおいしさをストレートに描いたものはあまり選ばれていないからだ。柔らかくふっくらしたパンにかぶりつく幸せは、ごくまれのようでもある。そう、日常は、ほわっとやさしい時間ばかりでは成り立っていないのだと振り返る。だからこそ、せっかくのパンを前にしながら、いやに気負ってみたり、つくづく失望したりする描写が、ぐっとくる。

たとえば、前衛芸術家の赤瀬川原平こと尾辻克彦の、食パンのエピソード。高校生になりたての頃、はじめての石膏デッサンの授業があったという。木炭を手にし、さあ描きましょうというところで、教室のみんなに、食パンが一枚ずつ配られた。彼はそのパンを受け取って、耳を少し齧り、バターが欲しいなと思う。でも、周りを見渡してみると、誰もそのパンを食べものとして扱っていなかったのだった。白色の柔らかいところだけをちぎり取り、ぎゅっと手で握る。「木炭画に使うには、食パンが一番安くてしかも上質な消ゴムになるのであった」それを知らなかった彼は、なんとか素知らぬ振りをして、自らも食パンを握りつぶして、食べものと道具の境界線を越え、デッサンに集中しようとする。

「悠然と木炭を滑らせながら、さっきバターを探していた自分の目付きを思い出して、頰の頂上がポツンと赤くなり、それが顔面全体にひろがって行った」

また、ワイン醸造家としても知られる玉村豊男のエッセイにある、旅の道中を共にした、かちこちのバゲット。写真家の西川治の、うにの盗み食いの後ろめたさに加担するパン。

これだけでなくて、パンにうにを塗って食べる話がもう一篇収録されているというところに目がとまる。池田さんがこの食べかたに魅せられているからなのか。でも、ここでも、ただおいしいおいしいとうなるだけの場面は出てこない。うに+パン派のひとり、林芙美子は「朝御飯」と題して「朝々パンをトーストにして、バタのように塗って食べるのだけれど、これは、ちょっとうますぎる感じ」と書いている。「うますぎる感じ」というところに、おいしければおいしいほどいいのだとせずに、どこかでそれを律する一線を引こうという姿勢が見えやしないか。

伊丹十三のエッセイには、そういう感覚がもっとはっきりとあらわれている。「イギリス上流階級の典型的なお茶菓子」であるきゅうりのサンドイッチとはどんなものかを解説するとき。食パンをごく薄く切り、耳を落とし、バターを塗ってこれも薄切りのきゅうりを並べ、塩を振ってもう一枚のパンではさむ。

「これは実にけちくさく、粗末な食べ物でありながら、妙においしいところがある」

「このサンドウィッチに限り、パンがおいしい必要は少しもない。イギリスや日本の、あのオートメイションで作られた、味もそっけもない食パンというやつ、あれでよろしい」

おいしくないパンでこしらえたのに「妙においしい」と評されることへの違和感が立ち上る。でも、おいしさだけを追い求めていくこと、美食への執着というものが決して上品ではないことは確かだ。

こちらの口においしいかどうかは分からなくとも、たしかに夢のある、思想のあるパンの話も載っている。それは、パン製の鳥かごをこしらえた話。掲載されている写真を見ると、細長いパンで檻がつくられ、その上にはパンの三角屋根がのっかっている。フランスはパリのパン屋『ポワラーヌ』を創業したリオネル・ポワラーヌの手によるものだ。

「実際、この中に小鳥を閉じ込めることはできた。しかし一時《いっとき》の間だけ」「というのも、この小鳥の牢獄は、同時に小鳥の食糧となったからである。入れ物（鳥かご）が、入れられたもの（小鳥の胃袋）になるにつれて、小鳥の自由が生まれたのである。まさに象徴的な心理学的変質ではないか」

巻末にある、各話についての池田さんの解説も読みどころだ。

夏目漱石の小説『吾輩は猫である』や『それから』には、パンを食べる場面が登場する。それが新聞に連載されたことで数多の人の目に触れ「現代の日本語の礎《いしずえ》を作っただけでなく、パン食のお手本にもなっていたのです」と、池田さんは指摘する。また、「フランスと結んだ幕府が薩長に勝って開国をしていたら、みんなバゲットを食べ、ワインを飲みまくるようになったとしても不思議ではありません」という、もしかしたらあり得たかもしれない暮らしの空想も。パンが日本の日常に組み込まれてきた道程も、辿ることができる。

『パンソロジー　パンをめぐるはなし』（池田浩明・編／二〇一七年／平凡社）パンにまつわるアンソロジー。

西川治、草野心平、椎名誠、林芙美子、川上弘美、正岡子規、茂出木心護、ミシェル・トゥルニエ、東海林さだお、ルイス・キャロル、夏目漱石、吉田篤弘、片岡義男、伊丹十三、尾辻克彦、ダン・バーバー、ウィリアム・シットウェル、アテナイオス、安達巌、田川建三、ブリジット・アン・ヘニッシュ、ウディ・アレン、パンの明治百年史刊行会、東理夫、沢村貞子、リオネル・ポワラーヌ、マイケル・ポーラン、玉村豊男、江國香織、ジェシカ・クーパー、胡桃沢耕史、石井桃子、暮しの手帖編集部、辺見庸、瀬田貞二、脇田和、ジョン・ヴァーノン・ロード、安西徹雄、ラッセル・ホーバン、リリアン・ホーバン、松岡享子、内田莉莎子、堀内誠一らによる豊穣なるパンの世界が広がる。

『ロングセラーパッケージ大全』日経デザイン・編
——「サッポロ一番」と「かっぱえびせん」

パッケージは決して、上っ面だけの存在ではない。例えば、片手でぽんと開け閉めできる蓋とか、不透明にすることで光を通さず保存性を高めた袋とか、見た目を超えて、使い心地、食べ心地に大きく関わるところなのだ。むしろ中身よりも、時代に寄り添わないといけないし、下手したら流されていってしまう存在でもある。

この本で紹介される二十五のパッケージのうち「三ツ矢サイダー」「サッポロ一番」「味の素」などなど、食べもの飲みものを包むものは全体の五分の四を占めている。

中でもいちばんのロングセラーは、一八九〇（明治二十三）年に売り出された「エビスビール」で、最新は、一九八八（昭和六十三）年にデビューした、ミツカン「追いがつおつゆ」だ。舶来ものを日本で醸造する心意気から、ドメスティックな調味料をインスタント化するまでの時間が、およそ百年ということ。

どのパッケージも、たいていは、発売当初とは異なる姿になっていたとしても、その見た目の個性の核となるものを四、五十年はずうっと引き継いでいる。たとえば「三ツ矢サイダー」の、炭酸の泡をモチーフにした水玉模様。「チキンラーメン」の、オレンジ色と白色のボーダー柄。それを目にしただけで、その中身の味まで口の中によみがえるような。

ただ、スーパーマーケット、コンビニエンスストア、ホームセンター、どこででも、並ぶ品々については、本の装丁と同じくらい熱心に目を凝らしているつもりでいたのに、実は私の視界はずいぶんぼやけているのだな、とも思い知らされる。たとえば、リニューアルされたのはもう十数年前でも、最初に見たときのイメージがそのままこちらに焼き付けられていて、この本であらためて細部まで確認した今のパッケージデザインが新鮮に感じられたりする。じゃあ、ついこないだこれを買ったとき、私はどこを見てこれを選び取ったのだろう、と、疑問が湧く。

たとえば、私がいちばん信頼している袋ラーメンでもある「サッポロ一番」について。発売されたのは、一九六六（昭和四十一）年に「しょうゆ味」、一九六八（昭和四十三）年に「みそラーメン」、一九七一年（昭和四十六）に「塩らーめん」という順だそうだ。どのパッケージにも、どーんと、それぞれのラーメンの出来上がりの写真があしらわれている。私がここ数年、最も頻繁に買っているのは「塩らーめん」だ。その写真については二〇〇五年に「具材からニンジンがなくなり、エビが2本に増え」たとあるが、それ以前にはほとんど買ったことがなかったのでにんじんに見覚えはない。いつも袋を見ながら、うちでは海老は入れないな、と思ってはいるけれど。「みそラーメン」も同年に「具材にチャーシューとコーンを追加」とある。ここで、あれっ、と驚く。実は、私は、塩もみそも、パッケージにある具は同じ、と思い込んでいたのだった。よく見てみると、共通しているのはチャーシューと半割りの茹で玉子のふたつだけだった。しかも塩はチャーシューが二枚、みそは一枚。茹で玉子も、異なる方向から包丁が入れられているのだった。

なんと、迂闊！

このふたつについては、丼の写真は真上からの俯瞰で撮られたものが発売当時から使われている。では、しょうゆ味はというと、当初は斜めからのアングルで、二〇〇九年から、塩、みそと同じく真上からに揃えられたそうだ。

そういや、「ラーメン」「らーめん」という表記の違いについてはこの本には書かれていないのだけれど、どうしてだろうな。文字のバランスを考えてのことだろうか。

さらに私は、「かっぱえびせん」の袋の真ん中にいる海老は、いつまでも細密な描線で描かれているものだと思い込んでいたことも、ここで、うつむきつつ打ち明けておきたい。十数年前から、「エビのイラストが抽象的になっ」ていたのに気付かなかった。そして、そのリニューアルの理由は意外なものだった。

「「リアルすぎる」という消費者の声から、2002年にデフォルメタッチに変更した」

正直言って、海老がリアルであることが嫌だ、という意見には賛同しがたい。それ以前の海老のほうが、私にとっては食べものらしく見える。デフォルメされてからの海老はぬいぐるみっぽくて、すぐ口に入れたくはならないから。そんな気分が、いつまでも私の目にリアルな海老を映していたのだろうか。

こうやって挙げたふたつの例にどちらも海老が絡んでいることは偶然ではなくて、私は海老が大好物である。でも、好きだからこそ、さっとそのシルエットを認識しただけで浮かれてしまって、変化を見落としていたのかもしれない。

ただ、私のようにいくら迂闊であっても、頭のどこかで、そうこれこれ、と、数多並ぶ品々の中から目当てのものを選び出せるのもほんとうで、そうやって買い物客を導くことができてこその「ロングセラーパッケージ」なのだろう。あちこちの部品を入れ替えても、全体の印象は変わらないようにする、という匙加減。

たとえば前述の「サッポロ一番」については、サイズや色は違えども「サッポロ」はゴシックで、「一番」は明朝という二段組みのロゴのデザインは変えていない、という。そこが肝なのだ。そのロゴが残像として頭のどこかにこびりついていて、あっ、これこれ、と、その品を見分けて手に取り続けている、ということ。

けれど、どの部分が肝要か、ということについて、つくるほうの当人が気付いていない場合もあるのだった。

「バーモントカレー」の長方形の箱を斜めに横切るロゴは、一九六三（昭和三十八）年の発売当時からずうっとそうあしらわれていたが、一九九七年に、角度が変わり、箱に平行にされた。

長いこと赤色が基調だった「かっぱえびせん」の袋は、二〇〇七年より白色を前面に打ち出すようになった。

「タカラcanチューハイ」のロゴは、一九九九年より、丸みを帯びたものに変わった。なぜそうしたかというと、「新製法を導入したため、新しさを打ち出すための試み」だったり、「マンネリを防ぐこと」が目的だったり、「若返りを図」るためだったり。

しかし、これら全てはその後五年以内に、かつての、馴染みの姿をなぞる方向に回帰している。

そう、それに、エビスビールといえば、缶の上部に鎮座まします「狩衣姿で、右手に釣り竿を持ち、左脇に鯛を抱えたオリジナルのえびす像」が目印だ。けれど、その描線を太くしてロゴマークのように簡略化された時期があった。一九八六（昭和六十一）年から一九九一年のこと。私はその頃はまだ十代でお酒が飲めなかったこともあり、リアルタイムでの記憶はないが、この本で見ると、神々しいえべっさんが、ただの釣り師のおじさんみたいになっていたのだと知る。それもやはり五年後に、元の、今もラベルを飾る、いかめしい姿に戻されている。

目先の流行に惑わされず、弱気にならずに、王道を逸れてしまったことに気付いたら労を厭わずに引き返す、原点回帰の勇気も必要なのだ、と知らされる。

しかし、それとはまた別の方向性のエピソードとして、心底びっくりさせられたのは、マルコメの味噌「料亭の味」のロゴが虹色に塗られているのは、発売された一九八二（昭和五十七）年当時は目新しかったレーザーディスクを意識して、というもの。しかも「どの商品にも一目で分かる虹色のグラデーションのロゴが最大のアイデンティティー」というのだから。レーザーディスクは死せども料亭の味は死なず。

『ロングセラーパッケージ大全』（日経デザイン編）は、日経BP社より二〇一六年に刊行された。

うどん
そば
あんみつ

3 食堂を読む

『うなぎと日本人』日本ペンクラブ・編

――いつか忘れてしまうかもしれない、あの味

二〇一〇年初夏、三十四歳の私はこんなエッセイを書いていた。タイトルは「うなぎはごちそう」。

＊

自分の寝言で目が覚める、それはよくあることだ。今朝は「じょう」と聞こえて、はっと起きた。

夢の中で、私はうな重を注文しようとしていた。半年ほど前に人にごちそうしてもらったのが「並」で、正直言えば物足りなかったという現実での出来事を夢にまでもしつこく引きずっており「上」ときっぱり言い放ったが目が覚めた、のだった。

起きてみて、うなぎかあ、と、ひとりごちる。うなぎ、しばらく食べていない。食

べていないなあ、と、三べんほど頭の中で繰り返す。

このところ落語を聴き続けていて、そのせいで、うなぎを口に入れるよりも、うなぎの噺を聴くほうに親しんでいる。「子別れ」「うなぎの幇間」。うなぎを食べてみたい、天ぷらも食べたい、あんな長屋から早いとこ這い出したい、という願いの切実さ、貧乏の暗さをこちらにしみじみ伝える「黄金餅」にはずいぶんぞくぞくさせられた。

私自身はずっと、うなぎは誰かにごちそうしてもらうものと決め込んでいて、自分のお財布から出したお金で食べはしないでいる。ごちそうの気楽さ、そして時には少しのめんどうくささが、粉山椒に混じってうなぎの上に降りかかる。

個人的にはいちばん好きなうなぎの食べかたは「うざく」だ。きゅうりの青臭さと酢と合わさって、うなぎの脂がちょうどいい存在感となる。しかし、ごちそうしてくれる人の前では、うな重のみをただひたすらに楽しみにしていますよ、というような顔をしていたい。

さりながら、欲深いもので、「うな鶏重」なんて品書きにあると、単純なうな重ではなくてそちらをたのんでしまう。うなぎと鶏と、ふたつを食べて得をしたいからそう選ぶのに、食べ終えてしまえばなにか物足りない。ごはんの上にうなぎのみが載っかっているほうが、うなぎ屋では正しく美しい景色であるのだと、そこでやっと分かる。

ひとりでうなぎを食べに行く日は、この先あるとしてもおそらく遠い。その前に、誰かにごちそうしてみたい。来るべきその日に私は内心、ずいぶん得意な気分になっているにちがいないけれど、相手のほうはそんなことはよそに眼前のうなぎに専心するだろう。今の私のように。

*

八年を経て読み返してみると、落語はこれを書いた次の年くらいまではかなりはまっていたけれどそれ以降はご無沙汰だなあ、とか、うざくがいちばん好きだというけどうな重ありきのうざくでしょ、とか、あちこちが紋切り型に思えるなあ、などと、書いた本人だからいろいろと思い返すこともあるし粗《あら》も見つかる。ただ、八年経ってなにも変わっていないなというのは、うなぎは人にご馳走してもらうものと決め込んでいることと、誰かにご馳走してあげることなどしていないということだ。

二〇一三年、環境省はニホンウナギを絶滅危惧種に指定した。

それ以降、受け身でいよう、うなぎに対しては、と、決意を固くした。

とはいえ、それからも年に一度は食べていたことは認める。自分からは食べたいと言い出さなくても、誘われたら断らない、というくらいに淡白というか曖昧なスタンスをとっていたから。

しかし、振り返れば去年は一度も、今年に入ってからも同じく、目の前にうな重が置かれるという面を迎えることはなかった。

『うなぎと日本人』を読むと、このところの、私の、そして世間のうなぎ事情とは正反対のうなぎ観を突きつけられる。うなぎを題材にしたエッセイ、漫画、落語、短編小説を三十篇集めたアンソロジーだ。

少し昔、昭和の話が多く、そして「老い」が絡んでいるものが、後を引く。かつてのようにばくばくと鰻重を、あるいは鰻丼を平らげられないことを恨みつつも、飽かずに求める。うなぎへの執着は、そのまま生、そして性への妄執に繋がっている。脂っこさ、濃いたれ、それを受け止める白いごはんが、そのまま若さの象徴だと捉えてのことか。加えて、活きているうなぎのにょろにょろ、くねくねした姿は言わずもがな、ということなのか。

例えば、林真理子さんは、そのまんま「うなぎ」というタイトルの短編小説で、五十路間近の男女、英二と久美子の色恋をえがく。久美子は、枯れていく旧い男友達、英二の諦め顔をいまいましく思いながらも、そこから目を逸らせない。ふたりはうなぎ屋で瓶ビールを飲みながら、鰻重が運ばれてくるのを待っている。いや、待っているのは久美子だけかもしれない。彼はあまり食欲のあるところを見せずに、やっと食卓に置かれた鰻重を彼女のほうに押しやったりする。そして言うのだ。

「オレに君みたいな元気はないよ」

ただ、そう言われると久美子も妙な意地を見せる。

「久美子はこの鰻を折詰めにしてもらおうか、などと考えている。

そしてその折を持って、英二の部屋に行くような気がして仕方ない。そしてこの男の上にまたがりながら、なんとか彼に生気を吹き込もうと自分は必死になるだろう」

どうしても失われていくものを追いかける姿の力強さ、みっともなさ、アンチ・エイジング。それは昭和の残像そのものなのかもしれない、と、ふと思う。


気になったのは、『うなぎと日本人』に収められている文章はどれも、うなぎの味についてそれほど仔細に表現しようという意欲が感じられないことだ。うなぎを食べた状況については書き込まれても、いざ口にしてみると「うまい」とか「天下の美味」とか、それくらいで。うなぎのおいしさはすでに共通言語といってもよく、書きあらわす必要なし、と捉えられているからだろうか。そういえば私も、冒頭の「うなぎはごちそう」ではそこを書くことをすっかり忘れている。

「横浜住吉町 八十八の鰻丼」と題したエッセイで、山口瞳さんは、そういう風にぼんやりしてはおらず、うなぎの、吸引力のあるおいしさを短くも的確に描いている。「奥行きが深く、鰻丼のほうで美味という優しさを力一杯に提供しようとしているようなな感じを受けた」

『うなぎと日本人』（伊集院静・選　日本ペンクラブ・編／二〇一六年／角川文庫）うなぎについてのアンソロジー。阿川弘之、戸板康二、吉行淳之介、矢野誠一、桂文楽、吉田健一、赤塚不二夫、鈴木晋一、三遊亭圓生、坪田譲治、池波正太郎、長谷川町子、橘家圓蔵、山口瞳、坂東三津五郎、高田保、内田百閒、三淵忠彦、宮川曼魚、小川国夫、森田たま、出久根達郎、向田邦子、原石鼎、江國香織、林望、佐藤垢石、伊集院静、林真理子による、落語あり、短編小説あり、鼎談あり、エッセイありのうなぎ尽くし。

『外食2.0』君島佐和子
──「おいしい」という言葉の曖昧さ

「あの店、おいしいよね」というほめ言葉は、「おいしい」が重要なんじゃなくて、誰が言っているかが重要ということでしょう」

「おいしい」はとてもいい言葉、もちろん好きな言葉だ。が、食べものについて話したり書いたりするときに多用しすぎてしまうきらいがある。だから、できるかぎり言い換えようと努力をしていた。でも、そんな抵抗に意味あるのかなという考えも頭をもたげ、このところは、使ったり、使わなかったり、以前よりは緩い姿勢でいる。

「おいしい」の代わりに「旨い」という言葉をよく使っていたのは、三十代も終わりの頃だった。「旨い」というのは、食卓の背景までは含まず、お皿の上、コップの中におさまるイメージがある。より限られた範囲の「おいしさ」を表してくれるように思える。もっとも、国語辞典を引いても「おいしい」と「旨い」のあいだにはそれほど明確な線引きはされていないから、あくまでも私感にすぎないのだが。

あるとき、知らない人から、「旨い」は品のない言葉だから女性には使って欲しくない、などと書かれた手紙が届いた。全くもって余計なお世話。もういっぺん辞典を引いてみてももちろん、旨いは下品、専ら男性の使う言葉、だなんて説明されてはいない。とはいえ、手紙をよこした人の主張が、誰からみてもまるきり見当外れとは、いえない。そういう風に、男と女のあいだにむやみに線を引きたがる人は世の中にたしかにいる。さりながら、私はあまのじゃくなので、その手紙が来てからというもの、なおさら激しく、幾度も「旨い」と書き続けた。

ただ、ここのところ、四十路の女が使うには勢いがありすぎる言葉かもなと感じられるようになり、以前より小出しにしている。「うまい」とひらいたり、「美味い」と表記したりするのもいいのかもしれない、と惑ってみたり。

食の専門誌『料理通信』の編集長をつとめていた君島佐和子さんは女性だが、それを知らないままページをめくっていったとしても、この人は女だ、と明らかに分かるだろうか、果たしてどうだろう。強いて男っぽさもないが、殊更に女であることを打ち出してもいない文章だ。女が食べものについて書く場合、たいていは自分の性を強く意識したものになりがちで、自分もきっとそのひとりだ。けれどこの本には、そういう色が表れていない。性差を起点とせずに、料理とそれを作る人、出す店の今をつぶさに書きとめ、考究している。

君島さんは、やっぱり「おいしい」という言葉を漫然と使いはしない。それどころか「仕事上では「おいしい」という表現をあまり信用していない」と書く。「おいしい」の一言はあまりにも曖昧なものとして耳に届くから、お皿にのっかった情報を仔細に伝えるのには不向きなのだ。

しかし「おいしい」の曖昧さは、薬としての働きもする。

「「おいしい」という言葉は、ある一定レベルの保証（それも使う人間次第ですが）にすぎず、むしろ、精神安定剤だと思うのです」

なるほど。あえて「おいしい」と言ったり書いたりするのは、安心させる、ほっと和ませる、そういう作用を求めてのことなんだなあ、と振り返る。

『外食2.0』では、蕎麦とマクドナルドのハンバーガー、和菓子とシュークリームを例に挙げて「迎えに行って受け止める」おいしさと「どうだ、旨いだろう」と有無を言わさずにこちらをねじふせるおいしさが比較される。こちらから出向かなければ分からない、耳を澄ますようにして味わう「だしや醤油をベースとした、油脂に頼らないおいしさ」が、今、フランスで見出されつつある、という話が紹介される。専ら隠し味として使うために、醤油は、パリのレストランの厨房にしばしば置かれているという。

今。

そう、君島さんはどこまでも「食の今」を追う。

この本の刊行は二〇一二年、冒頭では、まさにその瞬間の流行りの酒場のかたちが紹介される。

「今の日本の外食の状況で目立つのは、「バル」が増えていることです」

バルとはスペイン語で、綴りは「Bar」。「スペイン版立ち飲み屋をルーツとする、カウンター主体の小体な飲み屋」である。

『料理通信』でバルを初めてとりあげたのは二〇〇九年三月号の「「小さくて強い店」は、どう作る?」という特集内にてだった。その二年後には「週3回通いたい「東京バル」」特集号を出す。その号の表紙に使う写真撮影に立ち会った際、数多の女性が店にやってくる様子を君島さんは見ていた。

「扉を開けるときの彼女たちの顔は明らかに「私の店」と思っていることが分かる表

情なんです」

のんべえの女にとっては、バルはたいへん有難い存在だ。なぜならバルは、誰かと連れ立って行かなくても、誰かに連れて行ってもらわなくてもいい酒場だからだ。

少し前に、誰だったか、私の書いたものは読んでいるけれど顔を合わせたのは初めて、という人に「いつもひとりで飲みに行くんですか」と尋ねられた。その人はなぜ「いつも」「ひとり」だと決めつけたのか、不思議に思った。そもそも、女のひとり客がすんなり馴染める酒場を探すのは難しい。初めて暖簾をくぐるなら、隣り合う客にはなめられる、店主には警戒されるのが当然だと覚悟しないといけない酒場は少なくないのだ。

洋酒を出す酒場は、女のひとり客に比較的優しい。だから、本心では日本酒を飲みたくてもひとりだったから、居心地を優先して、ウイスキーなど舐めた晩がいつかあったと思い出される。とはいえ、そういう店はお財布に優しくないこともしばしばだった。

しかし、バルは「予約がいらない、普段着でOK、常識さえあれば特別なマナーはいらない、知識もいらない」その上、すっと入れて、さっと出られて、お勘定が安い。女だからといって殊更に有難がられることもない代わりに、煙たがられることもない。

ふつうにしていられる。自分の性をそれほど意識することなく、ただ、人、として飲める時間はたいへん心地いい。「バルは街のちゃぶ台」、そう形容され、黙って飲んでいるほうが浮いてしまうくらいだから、飲んでいるあいだは誰かとお喋りしていたい私には、ちょうどいい。あるいは「バルは街の集会所」ともいわれる。蛇足ながら、私は、バルは女のスナックだと思っている。

そうやって私は、男だ女だ、というところにやっぱりこだわりがちだが、女がひとりで飲めるのはいい時代だ、などという紋切り型の言葉を君島さんは紡ぎ出すことはしないのだった。

刊行から六年が経っても「カウンター主体の小体な飲み屋」は相変わらず街場では増え続けていて、やっぱり私もそういう酒場で飲んでいる。けれど流行りは移り、新たに開店する際に「バル」と名乗る店はほとんどなくなった。君島佐和子さんは二〇一七年に『料理通信』編集長を退任し、編集主幹としてこの食雑誌に目配りしているそうだ。外食の現状を表から裏から観察し、切り取り続ける、君島さんの視点を、ずっと信頼していたい。

君島佐和子（きみじま・さわこ）一九六二〜

栃木生まれ。一九九五年より月刊誌『料理王国』編集部に所属、二〇〇二年より編集長を務める。二〇〇六年に月刊誌『料理通信』を創刊。二〇一七年まで編集長、現在は編集主幹。

『外食2．0』（二〇一二年／朝日出版社）は、外食の最前線のルポルタージュであり、料理人や生産者への取材を重ねてきた日々の集大成。

『料理狂』木村俊介
――「おいしい」を超えたところの、料理人の仕事論

もともとは『料理の旅人』というタイトルで刊行されたという。そのとおり、まえがきでは「生活も人生も懸かったタフな「旅」の土産話を聞いたようなところがあった」と、インタビュアーの木村俊介さんは述懐している。

この本に登場する料理人は二十五人。柱となるのは、フランス、イタリアに修業に行って日本でレストランを営む、料理人たちへの聞き書きだ。木村俊介さんが、彼らから話を聞き取ったのは二〇〇七年から〇九年にかけてのことだった。「おもに一九五〇年代の前後に生まれた料理人のみなさんの体験談を集めたもの」とあるから、その時点で超、料理を仕事にしてすでに三、四十年、という人たちの話を集めた本になる。

刊行から六年を経て、二〇一七年に文庫化された際に『料理狂』と改題された。時

には風も吹き抜けるような「旅」という言葉になぞらえられた仕事ぶりが、「狂」ほどに激しい言葉であらわすほうがしっくりくると捉え直されたのは、この本を受けとめる世間の空気が変容したせいもあるのだろう。料理人たちが語るのは、異国の厨房に自分自身を投げ込み、その中で泳ぎ切ってここまでやってきたというそれぞれの道筋だ。レシピは登場せず、精一杯の仕事論のみが収録されている。

とりわけ、フランス料理人の田村良雄さんのこの言葉には、お皿を前にする、あるいはこの本を読むこちらにとても分かりやすく、共有すべき前提が示されているように思える。

「料理は、手順はどこも似ています。材料も、仔羊もフォアグラも一流店はたいてい似たところに注文している。あとは「気」のちがいしかありません」

材料とプロセスさえ同じように揃えたならば、誰でもその味が再現できるような一皿には、それなりの値段を付けることにためらいをおぼえるだろう。そんな人たちひとりひとりの台詞は、熱く、厳しい。

「プライベートを充実させている料理人は信用できません」

「料理に生かされている、あるいは料理は人生であるというのは、料理人にとっては大義名分でも何でもなくて、もう、ほかに道は残されていないのだから、文字通り、料理に食わせてもらっているわけですよ」

「いつもドキドキするしかないと思っています。出し惜しみをしてるヒマなんてないわけです。若い料理人に対してちょっと感じてしまうのはこの「出し惜しみ」ですね」


木村俊介さんは、食雑誌『dancyu』で、枝川公一さんが長く続けた連載「バーテンダーは謳う」の後を引き継ぎ「或るバーテンダー」という、聞き書き連載をしている。食べもの飲みものについて書いているというのは私も同じだが、木村俊介さんには、そのテーマを選んだ確固たる理由が私とはまた別にあるのだなと、まえがきを読んで知る。木村俊介さんは、料理と漫画に携わる人たちへの取材を続ける中、そのふたつのジャンルが重なるところを見出したのだという。

「料理と漫画の共通点には、たとえば「手作業が直にお客さんに感知され、高級とされるもの、または人気のあるものほど手作業の機械化が進んでいない」といった興味深い面もあるが、ここで重ねて伝えておきたい要素は「とんでもない労働の分量」

だ」

その「とんでもな」さを象徴するような言葉は、めくりはじめて三〇ページにも達さないところに早速あらわれる。

「二年間ぐらいは店の中に缶詰になるような生活をしていたら、ようやくお客さんの信用を取り戻せたようでした」

フランス料理人、谷昇さんが、四十代半ばの頃を振り返っての言だ。さらに谷さんはこうも言っている。

「ほんとにバカみたいに時間がかかる仕事です。その「バカみたいに時間がかかること」に仕事の本質があるのだと思っています」

時間をかける、ということは、そういえば、なにかをやり続ける、ということとイコールかもしれないと思い当たる。

たとえば私は、文章を書いてお金をもらうという仕事をはじめて今年で十八年になる。この仕事をはじめた当初は、自分も、そして周りも、私はなににせよとにかく飽きっぽい質なのだと決め込んでいた。でも、存外飽きてないじゃん、ということに気付いたのは、書く仕事を十年やってきたあたりだった。それまではとにかく打ち込めばなんとかなるかもと脇目も振らずにやってきて、飽きたかどうかということに気付く暇がなかった。

それだから、続けてきたからこその実感がこもった言葉には、やはりぐっと感じ入ってしまう。とりわけ、イタリア料理人の佐竹弘さんの言葉は響く。

「小僧の時に「おいしい」と言われたひとことでいまだにやれているという人がいたらすごいなぁとも思う。それはほんとうです。

でも、長く料理に携わっていると、どうしてもそれだけではやっていけなくなることもあるんじゃないでしょうか。ぼくの場合は、もう、おいしいという言葉だけでは「よし、明日も仕事をやろう」という気にはなりません」

すごくよく分かる。

おいしい、と、言ってくれる人はもちろんいてほしいし、いてくれないと困る。でも、仕事に打ち込み続けるうちに、他者ではなく、自身が納得できる地点の標高は年々高くなっていくはずで。

「まぁ、何十年もそれなりに毎日全力をつくしていれば、「おいしいのは当たり前」ってところには来る」

これは、佐竹さんが十八歳で料理を仕事にしようと決めてから四十年近く経っての境地である。

そう、「全力」を尽くせば、きっとある程度のところまでは辿り着ける。ただ、そこに着いてみて眺めた景色は意外と「当たり前」だったりするのだ。それは駆け出し時代には夢にまで見たもののはずなのに、狂おしいほどに輝いているにちがいなかったのに、努力も年も重ねた自分にはもうそれが当たり前になっている。

ただ、どこかでその「当たり前」を、焦がれる視線で仰ぎ見ている誰かも、きっといるはずだ。かつての自分自身のように。


木村俊介（きむら・しゅんすけ）一九七七〜

東京生まれ。インタビュアー。著書に『善き書店員』『インタビュー』（ミシマ社）、『漫画編集者』（フィルムアート社）、単行本構成に『海馬』（池谷裕二、糸井重里／新潮文庫）、『イチロー262のメッセージ』シリーズ（ぴあ）などがある。

『料理狂』の単行本は、二〇一二年に『料理の旅人』の書名でリトル・モアから刊行された。二〇一七年、幻冬舎文庫に収録。

『さよなら未来　エディターズ・クロニクル2010-2017』若林恵
――「おいしいはフラット化にあらがう」

「食というものに滅法興味がある、というわけでもない」と、元『ＷＩＲＥＤ』編集長の若林恵さんは書いている。とはいえ、この本に収められている「おいしいはフラット化にあらがう」という一編はとっても面白い。そうやすやすとは平らにならされることのない、食文化というものは御しにくいものだと分かる。食への興味を燃料にして仕事をしている私のような立場の者が見落としがちな特性だなと思った。

そして、若林さんはこう書いている。

「デジタルテクノロジーと食はとても相性がいい。ということはもっとちゃんと認識されていいはずだ。なぜ人はＳＮＳに食べ物の写真を投稿するのか。食べログやクックパッドはなぜ機能する（した）のか」

言われてみれば、今朝の食卓も、お昼のお弁当も、食べてしまえばそのもののかたちはそこには残らない。ただ、写真と言葉で記録すればその「情報」は残される。けれど、それと寸分違わない盛り付け、温度、味、背景のものを、もうひとつ私のところに持ってきて、という注文は無理難題で、その人の前に置かれていた一皿はかぎりなく再現不可能であり、儚い。ほんとうにその場そのときだけのものなのだ。

さらにいえば、毎日なにかしら食べる＝毎日更新できる、ということにもなる。せっかくInstagramに投稿するならば、人より先んじて、代替性のない、その人ひとりだけから発信される情報を拾いたいし、そして、それが発信される頻度が高いほうが人目を引くにちがいない。食べものの姿をiPhoneの画面の上に映し出すことはできても、それは文字通り「絵に描いた餅」で、口に入れられはしないし、実質的には糧にはならない。だからこそ、投稿を目にするほうの側は、一日に何枚でも、胃腸の限界を危ぶまずに、その餅を享受することができる。

若林さんは、二〇一二年から五年間、デジタルテクノロジーを軸とするアメリカ発の雑誌『WIRED』日本版の編集長をつとめていた。この本に収録された八十篇のエッセイのうち、およそ三分の二はその雑誌の巻頭に、あるいはウェブサイト上に掲載されたものだ。SNSにおける写真を介したコミュニケーションを句会になぞらえたり、「便利」「科学的」などという、ポジティブに耳に届きがちな言葉をあえて裏返してみたりする、若林さんのエッセイは、軽妙で、瑞々しい。つまり若々しい。それでいて、老成している。一九七一年生まれだから今年で四十七歳になる若林さんが書く文章は、果たしてその世代らしさを映しているのか、どうだろう。ともかく、若林さんの考察が、背後に分厚く積み重ねられた、これまで読みこんできた本、滞在した場所と話した人、聴いてきた音楽に裏打ちされていることはたしかだ。二十代のとき、いまはなき名雑誌『太陽』の編集部に所属していたという経験も少なからずその仕事ぶりに寄与しているにちがいない。

この本に多く収められた音楽の話のうち、「アー・ユー・エクスペリエンスト？」そして「最近好きなアルバムあるかい？」という、どちらも疑問型のタイトルが付けられた二編では、若林さんは「体験」とはなんぞや、というところにぐっと踏み込む。「音楽ビジネスの凋落が叫ばれるとき必ず言及されてきたのは「ライブの復権」ということだ。「これからは体験の時代だ」とそれこそ耳にタコができるほど聞かされてきた」

「アナログレコードとＣＤをもっぱら家で聴くことが「音楽体験」の大半を占めるよ

うな、そういう時代を過ごし、そこにそれなりの情熱を傾けてきた身からすると、その「体験」もまた得難いものだったと思うしかすべがない」

そう、音楽家がいる場所まで出かけて行って、そこで演奏を生で、リアルタイムで聴くということのみを「体験」と呼びがちな傾向はたしかにある。でも、「聴く」を「食べる」に置き換えてみると、「体験」という言葉が示す範囲はかなり広いよね、と、納得できる。食べることはその全てが「体験」である。カレーを例にとると、台所で野菜を刻むところからはじめてカレーをこしらえて食べるのも、レトルトカレーをあたためてごはんにかけて食べるのも、カレー専門店に出かけて行って食べるのも。

ここで、カレー専門店に出かけて行って食べることは、つくり手のところまで出かけていってそれを直に味わうという点において、ミュージシャンの演奏を聴くために出かけること、つまり「ライブ」にとても似ている。外食＝ライブ、といっても過言ではないのではないか、と思いもする。

とすると、「これからは体験の時代だ」と謳われる、ライブ至上社会が今ならば、雑誌やウェブに、食堂、喫茶、レストランなどの外食についての記事が増えるばかりという傾向にも納得がいくというもの。

冒頭で引いた「おいしいはフラット化にあらがう」には、こんな一文もある。

「生産から物流、小売におけるさまざまなテクノロジーの結晶としてある「コンビニ」というシステムが、結局のところ、昔ながらのおにぎりやお茶を飲み食いしたい、という欲求に奉仕しているのだと考えると、ぼくは少し愉快な気分になる」「昔ながら」を保つために努力したその先で、たまたま「未来」への端緒を掴むことができたのなら、その「未来」の色は、決して暗いか明るいか、どちらかだけには染まらないはずだ。

若林恵（わかばやし・けい）一九七一～
編集者、ライター、音楽ジャーナリスト。ロンドン、ニューヨークで幼少期を過ごす。雑誌『太陽』編集部を経て、二〇〇〇年よりフリー編集者となる。二〇一二～一七年『ワイアード』日本版編集長を務める。二〇一八年「黒鳥社 blkswn publishers」設立。『さよなら未来　エディターズ・クロニクル 2010-2017』（二〇一八年／岩波書店）は、『WIRED』日本版の巻頭言に、同時期に書かれたエッセイや論考を加えて編集された。

『東京ひとり歩き　ぼくの東京地図。』岡本仁

――東京らしさを求めて

写真と文章を組み合わせた東京案内『ぼくの東京地図。』のサブタイトルには「東京ひとり歩き」とある。そのとおり、編集者の岡本仁さんは徒歩で、ひとりで、ひたすら東京を巡る。速度を競うわけではない。風景に目をとめたり、なにかしら食べもの飲みものを口にしたりと、小休止もふんだんにはさまれる。

もう四十年以上東京で働き、暮らしてきたはずの岡本さんだが、それでも、東京を見る視点には、まだまだ瑞々しさがあふれる。かつて勤めていた会社は東銀座に立地していて、だから「銀座を図々しく「わが街」と思っていたこともある」という。我が物顔でいたことを恥じるような書きぶり。そこに岡本さんの、東京という都市との距離感があらわれている。

これまでに影響を受けた人を挙げてみて、と言われれば、間違いなく岡本さんはト

ップ5に入る存在だ。

　十数年前の私は「珈琲とフランスかぶれのために」をモットーとするミニコミを発行していた。今もこうして食べもの飲みものについて文章を書いているのはそのときに選んだ題材がコーヒーだったからで、そのミニコミを作っていたとき、お手本というか目標にしていたのは、岡本仁さんが編集した雑誌だった。二十代のとき岡本さんに出会うということがなかったら、ここまで「雑誌」というかたちに愛着を持ち続けはしなかったとも思う。それから今まで、岡本さんがなにについて書き、どんなアングルで写真を撮っているのか、ずうっと注視し続けている。

　十八歳で北海道から上京したとき、岡本さんは、朝食を家で済ませてはこず、街なかに出てからとる人たちが沢山いるのに驚いたという。

「いまだにぼくにとって朝から外食ができることが、都会暮らしのとびきりの幸せなのだ」

　街の中で、その街の人と肩を並べながら、なにかしら口に入れてみて、はじめて街そのものを感じられ、味わえる。岡本さんは、同じく上京者である私に、そのことをいつも再確認させてくれる。

ここ数年、岡本さんは、鹿児島、香川、岡山など、地方都市のガイドブックを刊行し続けてきた。それらをめくっていると、首都東京に限らず、どこでだって、街に出てその街らしい食べもの飲みものを求めて歩くことにかけては、岡本さんは労を惜しまないんだな、と思う。でも、主眼は、まず街に出る、というところにあって、そして、岡本さんは単なる美食家というわけではないのだった。

築地にある行きつけの和食の店で使われている器、そしてそこに盛りつけられる料理のよさについては「スカッとした潔さがある」と書かれている。湯島の酒場『シンスケ』のことも「すっきりとした潔さに貫かれ」ていると褒めている。この本で紹介される他の食べもの飲みもの、東京駅『TORAYA TOKYO』のあんみつ、浅草『アンヂェラス』のハイボール、池袋『千登利』の肉豆腐などの写真を見ると、その魅力はやはり「潔さ」にあると言い表したくなるものが多い。粋、ともいえるかもしれない。そこに岡本さんは東京らしさ、東京のよさを見出している。

この本で歩く東京は、都心を中心に、北は立石、南は羽田空港まで。ページを繰っていって、ちょうど折り返し地点には「友人と歩く」と題し、これまで馴染みのなかった街を案内してもらうという章もある。でも、基本的にはひとりで歩く。ひとりだと、誰かと目配せなどはできないぶん、孤独も道連れとなる。

読み通して分かるのは、東京には路地や大きな通りが何本ものびていて、それを辿っていくと何軒も何軒も店があるということももちろんだけれど、岡本さんの道中には「自律」という言葉がぴったり当てはまるということだ。国語辞典を引くと「自分の気ままを押さえ、または自分で立てた規範に従って、自分の事は自分でやって行くこと」とある。必要以上に欲を出さない。

たとえば御茶ノ水『山の上ホテル』には、灰皿を見に行く。岡本さんは煙草を吸わないそうだが、かつてはティールームのテーブルに置かれていた「白いゴルフボールを乗せたようなロゴ入りの赤い灰皿」の姿が好きだった。ホテルのロビーが禁煙になって、今ではガラスケースの中に収められているその灰皿を、眺める。

「もしこの赤い灰皿を何らかの方法で手に入れることができて自分の手元に置いたら、出かける理由がひとつ減るから、こうやって永遠に手に入れられないものがあるのは良いことだと思う」

あるいは、東銀座『ナイルレストラン』には、あえて自身と店との距離を縮めないまま三十年以上通い続けている。

「いつも注文を取ってくれる、ぼくが勝手に「番頭さん」と心で呼んでいるその人は、ぼくのことを昔から変わらず「若旦那」と呼ぶ。もしかしたらぼくの職業とか名前を知っているのかもしれない。でもずうっと「若旦那」でとおす。その態度を、店と客の関係の理想と、ぼくは考える」

あるとき「番頭さん」の名前を友人づてに知る機会があったが「ぼくはその名前を忘れることにした」という。

自身とものと、店とのあいだにいったん引いた線をずらさない。徹底している。ストイックだなあ、と思う。

『ぼくの東京地図。』の刊行を記念したトークイベントが大阪で催されると知り、その翌日に大牟田で用事があった私は、新幹線を途中下車して岡本さんの話を聞きに行った。その、心斎橋『スタンダードブックストア』での、岡本仁語録をここに記しておきたい。

「僕はお店の名前に〝さん〟を付けることができない男なんです。縁があって親しくしてるなら別なんですけど。夏目漱石〝さん〟とは呼ばないのと同じ」

なるほど納得。たしかに私も、すごく尊敬していて、ただし見知った仲ではなくて、そしてすでにこの世にいない人のことを「さん」付けでは呼ばないな。この『味見したい本』の中でも、そう。

「通えば通うほど上客扱いしてくれる店はあまり居心地がよくない」

六、七年前に会って話したときにも、たしかにそう言っていた。『ナイルレストラン』のエピソードともつながる話で、岡本さん、変わらないんだな、そこは。

「ストリートから民藝へ」

雑誌の編集部から、ランドスケーププロダクツへの転身についての言葉。でも、そこから切り離されてもなんだかかっこいい、諺のような一言。

「おでんはいつも最初にはんぺん」

おでん鍋に向かったときにまずなにを選ぶかはその人となりを映す。ちなみに私だったら豆腐、次点は厚揚げ。

岡本仁（おかもと・ひとし）一九五四〜

北海道・夕張生まれ。雑誌『ブルータス』『リラックス』『クウネル』などの編集に携わる。二〇〇九年より「ランドスケーププロダクツ」に所属し、プランニングや編集を担当。主な著書に『ぼくの鹿児島案内。』『ぼくの香川案内。』（ランドスケーププロダクツ）、『果てしのない本の話』（本の雑誌社）などがある。

『東京ひとり歩き　ぼくの東京地図。』（二〇一七年／京阪神エルマガジン社）は「東京らしい風景って何だろう？」との疑問が下敷きになっている、端正な東京ガイドブック。

『味の形』迫川尚子
――新宿駅東口地下『BERG』にある「ゆらぎ」

新宿駅東口地下、営業時間は朝七時から二十三時まで。一言で言えば「高品質なファスト・フード」。それが『BERG《ベルク》』だ。私は上京して間もなく通いはじめたから、もう十数年はここのカウンターでビールを飲んでいることになる。

割り切れないとき、煮詰まったとき、『ベルク』の壁に貼ってある「三つのパン屋さんのお話」を読みに行く私だ。最後まで読み終えると、まあ、なんとかなるような気がしてくる。よかったら皆さんも読みに行ってみてください。そういうある日の昼下がり、たまたま副店長の迫川尚子さんに会えた。迫川さんはにこにこして刷り上がったばかりの、月刊のフリーペーパー「ベルク通信」を手渡してくれる。店長がこんなこと書いてて、と。そう、その月の号には、店長の井野朋也さんが、迫川さんとのなれそめを寄稿していたのだった。

拙著『もの食う本』では『ベルク』の本を二冊とりあげた。井野さんが書いた『新宿駅最後の小さなお店ベルク』と、迫川さんが書いた『「食の職」新宿ベルク　安くて本格的な味の秘密』。そこでは『ベルク』とはどんな店か、ということももちろん解説しているのだが、七年前に自分がしたその描写を読み返してみると、今でもこういう風に書くだろうな、『ベルク』の芯は変わらないな、と、再確認させられる。『味の形』は、その二冊を読んだ（よ）さんが、迫川さんにインタビューをし、それを基に構成された本だ。

前半には、迫川さんの、公私共に連れ合いであるという立場の井野さんも登場しているので、三冊目のベルク本でもある。

井野さんは、迫川さんの味覚の鋭さに全幅の信頼を置いていて、そしてそれは「補正」されていないゆえだと解釈している。

「例えば蛍光灯の下でものを見ると実際の色とはかなり違って見えるそうじゃないですか」「でも主観的には、そんなに違う色に見えるわけじゃないですよね。これは、本当の色を知っているから脳で補正して見ることができているわけで。人間には普通そういう補正能力があるんですけど、そういう能力がこの人にはないとも言えますよね」「つまり味覚も同じで、この食べものはこういう味のはずだよねって、誰もが多少は補正しながら食べてるはずなんですよ。だから、まあこれでいいんじゃないのって思うんだけど、この人は補正しない」と。

そして「味に関してだけは、言うべきことは言わせてもらいます」迫川さんは、きっぱり言い切る。

私は『もの食う本』で、『食の職』から、迫川さんが大事にしている「ゆらぎ」という言葉を抜き出して、それが店の雰囲気にもあらわれているのではと書いている。しかし『味の形』では、同じ「ゆらぎ」に着目しながら、ひたすら味の世界に潜っていく。

ゆらぎのない味は、固い、と、迫川さんは言う。その代表格であるマクドナルドの味は「押しても引いても倒れない」と言い表す。

「ゆらぎがないって、わかりやすいんですよね。ゆらぎのあるものが、好きですけどね」「ゆらぎがあるってことは、隙間があるってことだから、そこに何かが入ってきちゃいますもんね。風も吹くけど、悪いものも入るかもしれないし」「だから、管理するためには、ゆらぎがないほうがいいんでしょうね」

ここでいう「ゆらぎ」とは、動いている、活きている印のようなものにちがいない。

迫川さんは、定番の「大麦と牛肉の野菜スープ」を担当するのは「素直な、透明な心」の人がいい、と言ったり、それに対して「カレーはちょっとひねくれてでもいいの」と言ったりする。そういう、レシピが同じなら誰がやっても同じ、とは考えないところが「ゆらぎ」を保てる余地なのだな。

タイトルの「味の形」は、迫川さんが、自分の口の中にある味の印象を、人に伝えなければいけないときに、言葉ではなく絵であらわしたことによる。きっかけは、仕入れたビールの味が明らかに前とは違っていたことにはじまる。メーカーに問い合わせたら、当初は否定されたものの、後から、工場が移転したということを知らされる。機械と水はたしかに違うものになっていて、それが味を変えていたのだ。どんな風に変わったか、ということを先方に伝えるため、迫川さんはビールの味を図にしてみた。「それまでは、あえて自分の感じている形を図案化する必要がなかったので、もっと漠然と、ゆらぎのあるものを楽しんでいるような、そんな感じだったんですよね」

私は一昨年に、山形の『酒井ワイナリー』で、タンクから汲み立てのワインを飲んだとき、それまで長いこと飲みはしていたけれど、ぼんやりとしか受け止められていなかったワインの味が輪郭を持ったものとして口の中にある、という感覚をはじめて味わった。その後、ワインの味の印象をメモしておこうとして、言葉に加えて図形も描きながら、ふと、これって迫川さんが描いていたことと似ているのでは、と、思い出した。

巻末に迫川さんが寄せている文章には、このインタビューを通して「味の形」が見えることが「いわゆる「共感覚」の一つであるというのもはっきりし」たとある。そこに迫川さんは違和感をおぼえたという。

「「共感覚」と言うと、私の場合、味覚と視覚が未分化ということになるのでしょうが、そう言われてもなぁという感じです」

しかしそこで、それは「構造記憶」だね、と、言ってくれた人がいたそうだ。迫川さんにとって、その言葉はとてもしっくりくるものだったという。たしかに「未分化」とくくられると、そうでない他の人とのあいだにくっきりと太い線を引かれたようで、ぽつねんとした心持ちになるだろう。私は単純に、味から形が見えたり、あるいは音に色が見えたりすることのほうが、そうでないよりもお得、と思ってしまっていたけれど。

迫川尚子（さこかわ・なおこ）
鹿児島・種子島生まれ。写真家。『BEER&CAFE BERG』副店長として、商品開発、人事、店内展示を担当する。女子美術短期大学服飾デザイン科、現代写真研究所卒業。著書に『「食の職」新宿ベルク　安くて本格的な味の秘密』（ちくま文庫）、写真集に『日計りshinjyuku, dayafter day』（新宿書房）、『新宿ダンボール村 1996-1998』（DU BOOKS）がある。

『味の形』（二〇一五年／ferment books）は、迫川尚子さんへの食と味覚にまつわるインタビュー集。

『京都の中華』姜尚美
――引きの美学、押しの強さ

のっけから「京都は、加えるんやなくて抜かんといかん」という台詞にノックアウトされる。

ページをめくりはじめて一軒目、二条城からほど近い丸太町七本松にあった『草魚』の餃子には、にんにくも、にらも、白菜の芯も入らないという。材料の選びかたは、職人の街、西陣にかつて店を構えていたときからの習わしだ。職人の街は、家内制手工業の街でもある。「西陣の人はみな家で仕事してるから、においの強いもんはほとんど食べんからね」とは店主曰く。

姜尚美さんは『草魚』を訪ねるまでは、そういう「引き」の中華は、京都の中でも、花街特有の味だととらえていたそうだ。

独特な進化を遂げた、京都の中華料理と食堂について丹念に調べ上げて『京都の中華』を書いた姜さんは、京都の生まれ育ち。姜さんの本を読むのは『あんこの本』に続いて二冊目だ。『あんこの本』については『もの食う本』でとりあげているので、よろしければぜひそちらもご覧下さい。北東北から四国まで日本のあちらこちらのあんこを巡った前作とは違って、京都というホームグラウンドに的を絞って姜さんが聞き集めた話はどんなものなのだろうか。

「まず、にんにくはアウト。にら、ねぎもダメ。たまねぎは香りがなくなるまで炒めるか、形がなくなるまで小さく切る。ラードは使わず、香辛料は胡椒のみ。八角も使いません」という、ないない尽くしは、京都、いや日本で一番名が知れ渡っている花街、祇園にある『竹香』の味。この本の中でも一、二を争うストイックぶりだ。二代目女将は「今でこそ「今日、焼肉食べてきてん」もありですけど、当時は、芸・舞妓さんのごはんたべ（花代をつけて食事に連れていってあげること）や、ホステスさんの同伴では、その後に会うお客さんに、前のお客さんのにおいを感じさせるのはタブーでした」と話す。

やはり祇園、八坂神社の傍、東山安井の交差点からすぐのところにある『中国料理八楽』の店主は「ザーサイよりお漬物が合う中華なんですよね」と話す。十八歳のときからやはり祇園の『盛京亭』に勤めること四半世紀、それから自分の店を持った。修業先で教わったのは「新鮮な鶏がらを使った和食の一番だしのようなスープのとり方。「酒塩《さかしお》（調味料として使う酒）」に紹興酒ではなく淡麗の日本酒を使うやり方。中華料理では定石の合わせ調味料を使わず、お客さんの好みや食材に合わせて一回一回味付けするやり方」だったという。

その『盛京亭』では、二代目店主が「うちの焼飯、かやくごはんみたいでしょ」と切り出す。「具を先に炊いて、味付けしてあるんです。さいの目に切ったたけのこ、にんじん、焼き豚、それから全体に旨みが回るように、生の豚肉も入れてます。それを焼き豚のたれで炊いて、冷まして、味を染ます」その具と、玉子、グリーンピース、ごはんを合わせて炒めてできあがり。

「具を炒めないので、油が少なくて済むし、冷めてもおいしいんですよ」

なんと楚々としたやきめし！

さらに、油は控えめ、二度揚げはしない、鶏がらと昆布の出汁を軸にする、卓上にラー油は置かない、などなど、京都人が求める味を追っかけていった先で、引きの美学を体現する一皿ができあがる。

この本には、写真も数多収められている。

卵と小麦粉で作った柔らかな皮の春巻き、素揚げにした肉団子に「みたらしみたい」な甘酢だれをかけたところなどを撮った写真からは盛りつけもまた「引き」の美学を軸になされていると知れる。いっときこちらの目を奪うためだけにのっけられた飾りなど、皿の上には全く見当たらない。一見して、素っ気ないなあ、という感想を持つ。それなのに、いや、だからこそ、たまらなくおいしそうなのだ。

とはいえ「引き」ではなく「押し」の店も、ある。京都造形芸大前にある四川料理の店『駱駝』だ。あるとき、その四川省からやってきたお客さんの言を受けて、皮付きで脂身たっぷりの豚ばら肉を使うようになったという雲白肉《ウンパイロウ》。写真を見ると、ごはんやスープ、ザーサイを従えてどーんと食べ応えがありそうだ。

しかしここで、一軒目の『草魚』に戻ってみると、焼豚について、ばら肉は脂身を残されることが多いから、もも肉で作るようになった、とある。

ん？　京都の中華とはなんなのか、よく分からなくなってくる。

この本で紹介される店は、五十年以上の歴史があるか、それよりは年は浅くても京都の中華料理屋で修業のち店を開いた、という経歴をたどってきたところがほとんどだが、『駱駝』店主が味を和らげることをしないのは、主なお客が大学生であること、横浜中華街で料理を学んだことと、店を開いたのは一九九〇年代と、比べてみれば時代が若いせいもあるのかもしれない。

とはいえ、やっぱり『王将』あるいは『珉珉《みんみん》』などに代表される「押しの中華」も京都にはけろりとした顔で君臨していて、それは『天下一品』『新福菜館』などのこってりしたラーメンの隆盛にもつながっているはずだ。どちらもあるのが、京都という街らしさともいえる。実は、上洛した折には『珉珉』か『新福』どちらかに立ち寄れないとすんごく損した気になるのだった、私は。

京都に旅する人は「押し」と「引き」のどちらかだけに目を奪われてしまいがちだ。どちらかがほんとうの京都にちがいないと思い込み、振り回される。そんな分かりにくさ、もどかしさを、京都は謎めいている、と勘違いすることも少なくないだろう。それゆえに、京都に魅入られ、深入りしたくなるのかもしれない。でも、両面ともたしかにほんとうの京都の姿であり、らしさ、という箱はそんなに小さいものではなくて、その中を覗いてみればあれやこれやと色も形も多様なものが数多ある。本来、その多様さが、昔は都だったここ京都の魅力だともいえるのでは、と思う私。

姜尚美（かん・さんみ）一九七四〜
京都生まれ。編集者、ライター。著書に『何度でも食べたい　あんこの本』（京阪神エルマガジン社）がある。
『京都の中華』は、二〇一二年に京阪神エルマガジン社から刊行された。二〇一六年、幻冬舎文庫に収録。

『焼肉大学』鄭大聲
――キムチと私

文庫版の表紙には、明快なタイトルが、そのまま焼肉屋さんのメニューにあるような力強い明朝体で黒々と書かれている。さらに、じゅわーっと焼けつつあるお肉の写真が配置され、目次もそのイメージのままに、ロース、カルビと、部位毎に勢いよく続く。

ただ、そういった正肉よりも、もつのほうをよく食べている私ではある。とはいえその場所は焼肉屋ではなくて、大衆酒場であることが多い。メニューに、もつ煮とあると、ポテトサラダと同じように、大鍋から手早くよそわれてすっと出てくる肴として、真っ先に注文しがちだ。あるいは、東京の東に数多あるやきとん屋にて、ハツだの、シロだの、チレだのの串焼きを。

「「モツ」とは日本語で内臓を総じて臓物と呼んでいたのを略して「物」と呼んだと

ころからきている」

朝鮮半島では「庶民的なレベルでは内臓を総称してトンチャンと呼びならわしている」。その言葉に耳おぼえはあっても「トンとは糞のこと、チャンは腸で、排泄物のある内臓との意味」だとは知らなかった。トン＝豚と日本語に当てはめて、豚ちゃん、という意味だと解釈していた。私が、ここ十年くらいは、牛よりも豚肉を出す店に慣れ親しんでいるせいもあるだろう。

「在日の朝鮮・韓国人が家庭で焼肉をするときに、内臓を指してトンチャンと呼んで、ミノとかセンマイとかと区別することはなかった。何でもトンチャンだった。やがて外食産業化していく過程で部位別メニューが成立していくのである」

この本を著した、食文化史研究家の鄭大聲《チョンデソン》さんは、一九七九（昭和五十四）年より売り出されたモランボンの焼肉のたれ「ジャン」の開発に関わっていたそうだ。

「焼肉店のタレよりも甘口にし、名前も、醤油の醤からとって単純に「ジャン」としました。「ン」が末尾につく商品はヒットするというジンクスもあったのです」

読み進めて四分の一ほど過ぎたあたりで、焼いて食べる肉の話はいったんおしまい。そう、存外、この大学の授業は肉々しいばかりではなく、肉の友であるキムチ、ナムル、そして、チヂミ、わかめスープなどに多くのページが割かれ、朝鮮半島ではどんなものが食べられてきたかについて仔細に解説されているのだった。

その中でも、キムチは、およそ二百五十年前まで、今のように赤色をして辛い漬物ではなかったと、この本で知った。さらに、キムチらしさを醸し出す立役者ともいうべき赤唐辛子は、ヨーロッパから九州に伝えられ、そこを経て朝鮮半島に渡り、広く愛されるようになったともある。ユッケはなぜ辛くないのか、それは「トウガラシが朝鮮半島に知られる前のメニューだったことを示唆し」ているというくだりもある。

私は十八歳までキムチを食べたことがなかった。京都の大学生だったときにはじめて口にしたが、それがどんな場面だったかはおぼえていない。でも、すぐにさっぱりした辛さと酸っぱさに馴染んで、左京区に住んでいたときには近所にあったキムチ専門店でよく買い求めていた。そう、ただ辛いだけではなくて、未知の、こくのある酸っぱさにはまった。

「十分に発酵しているかどうか」「それは酸味に顕著に表れます」と、この本にはあって、私の記憶のおいしさを裏付けてくれている。

白菜以外のキムチの存在を知ったのも左京区のその店で、エゴマの葉のキムチで炊きたてのごはんをくるんで食べるのが気に入っていた。大学四回生の秋、ゼミの卒業旅行で韓国はソウルと光州に行ったこともその嗜好を後押ししたのだと思う。ただ、韓国の食堂でキムチはお冷やと同じようにお代わりができることに驚いたのはよくおぼえていても、味については、流石本場、という感想は持たなかった。京都で食べていたキムチとそう違わないように思えた。ということは、京都でのキムチは本物らしかったということになるだろうか。

買ってみて、これはおいしいなと思うキムチのパッケージに貼られている原材料を確かめると、たいてい、アミの塩辛が入っている。本書では「もっとも庶民的な塩辛で、ときにはご飯のおかず、または調味料、キムチ漬けの薬味にと用途は広い」と紹介され、チゲ鍋の隠し味にもなるとある。カタクチイワシやコウナゴの塩辛もよく使われていて、アミ共々、液体化されて売られてもいるという。つまり、魚醬。秋田のしょっつるに近しい存在なのだ。こないだ東上野のキムチの店で買った白菜キムチの原材料表に、アミの塩辛に加えて「イワシエキス」とあったのは思うにこれのことだろう。

「キムチはもともとご飯や焼肉料理におかずとしてつく常備の野菜だった」とある。続けて「ところが日本ではその幅を越えて各種料理の調味材として使われているという特徴がみられる。筆者たちの調査でもラーメン、スープ、チャーハン、炒めものに使うのが多いという結果が出ている」

この話、何かに似ているな。そうだ、別のページでとりあげている『謎のアジア納豆』で読んだことと一緒だ、と思い至った。日本では納豆をそのままごはんに載せたりして食べることがほとんどだけれど、大陸のアジア納豆は調味料として使われる、そのやりかたと近しい。キムチも納豆も発酵食品だから、入れればその料理に奥行きを出してくれるのだった。

鄭大聲（ちょん・でそん）一九三三〜
京都生まれ。食文化史研究家。『焼肉トラジ』顧問。主な著書に『朝鮮の食べもの』（築地書館）、『朝鮮半島の食と酒』（中公新書）などがある。二〇〇一年に新潮社から刊行された『焼肉は好きですか？』は二〇一七年に『焼肉大学』と改題され、ちくま文庫に収録された。

『茄子の輝き』滝口悠生
——良質の餃子小説

『茄子の輝き』を一言で要約するならば「良質の餃子小説」といいたい。
とはいえタイトルは「茄子」だし、この本のカバーにはたしかに、タイトルにもある紫色のナスの絵があしらわれている。それを外すと、箸とそれを持つ手、箸の先にはきっとなんらかのおかずが盛られた小皿の絵がある。

主人公の市瀬さんは、離婚したばかりの二十八歳の男だ。彼が勤める、東京は高田馬場にあるごく小さな会社の昼休みからお話ははじまる。しばしば元妻との記憶を振り返りつつ、三十四歳になるまでの彼の、女たちとの関わりが描かれる。

タイトルどおりにナスが輝くいっときは、感傷と高揚に満ちている。八月の金曜日、三つ年下の、おかっぱ頭が可愛らしく、歌うように喋る会社の後輩との、ふたりきりの送別会の席で、卓上に運ばれてくるのは、ナスの揚げ浸しだ。

「油をまとって鮮やかに輝く紫色の皮に、均等に斜の切れ目が入れてあり、そこから金色の実がのぞいていた。素揚げされてだしに浸った茄子の半身に、薄くかかれた鰹節と、すりおろした生姜の山がのせられていた」

別れによる傷を癒す途上の市瀬さんは、その後輩のおかげで、というよりも、後輩に惚れ込むことそのものを重しにして、世間に自身をつなぎとめておくのに成功している。ただ、彼女にはもうおいそれとは会えなくなるのだった。触れたい気持ちを抑えて、見つめる。ジョッキを傾けてレモンサワーを飲む横顔、ナスを箸で口に入れるところを。そこに、水餃子が差し出される。「白い肌に透き通るニラの緑やエビの朱色」がきれいな水餃子は後輩の大好物だと知っているから、市瀬さんは全て彼女に譲ろうとする。

後輩は「全部食べたいけど、とレンゲで餃子をひとつ掬い」「私の口に餃子をすべり込ませた。熱い！」

エロい！　と私はこのページに貼った付箋に書き込んだ。

そこから時が飛び、三十四歳になる市瀬さんは、今度は焼餃子を食べている。十一月、豪徳寺の居酒屋で知り合った七つ年下でなかなか渋い女「オノ」と、半月後にひょんなことで再会し、行きがかり上、青物横丁の小体な中華食堂で「場末感のある店内の雰囲気のわりにちゃんとした味で、焼き目を上にしたでっぷりとした餃子」の皿を挟んで向かい合う。

「私も、ずっしり重みのある餃子を箸でとり、辣油と酢を入れた小皿の醤油につけて食べた。なるほどひと口では食べきれず、半分に噛みちぎると中から熱い汁が出てきて、オノと同じように机にこぼした。こぼれますよね、それ。でもおいしい」

そうやって、市瀬さんとオノはゆるゆると打ち解けていく。二十八歳の夏のナスのようには、三十四歳の晩秋の餃子は輝くことはなくても、そこにはほんのりした明るさがある。

登場する、元妻、後輩、オノ、三人ともこの物語のヒロインだといえる。ただ、元妻だけその輪郭がもやもやと摑みきれない気がするのは、市瀬さんの思い出の中にすでに封じ込められた存在だから。

そうだ、物語の中で、元妻だけが餃子を食べていないと気付く。

ふたりで婚姻届を出した帰りに「近くの中華屋でご飯を食べてい」た、とはあっても、そこでなにを食べたかは記されない。

回想シーンにのみ登場する元妻は、市瀬さんとは大学で同期だったそうだ。一年の同棲を経て、三年間の結婚生活を送った。えらく若くして離婚したんだな、という凡庸な感想が浮かんでしまう。元妻は、宇都宮の出身だ。そこで、ページをめくる指に力が入ったのは、私は栃木出身だから。その栃木の県庁所在地である宇都宮は、一九九〇年代に餃子によるまちおこしを目論み、見事に成功し、駅前には「餃子像」さえもある。正直言って、よその人に胸を張って紹介できるような造形ではないとうつむいていたけれど、『茄子の輝き』でその餃子像が登場するシーンを読めば、あらためてその姿を確かめたくなる。

そんなわけで、初夏の週末に、宇都宮に出かけた。まず餃子像を確認する。『茄子の輝き』にえがかれているとおりの場所に、ちゃんとあった。像を撮影する人がいたので、邪魔をしない角度に立ってしばし見つめる。餃子像は、これまた宇都宮特産の「大谷石」を彫ってつくられたものだ。そのことも『茄子の輝き』にはきっちり書かれている。ちなみに「大谷石」は「おおやいし」と読みます。「おおたに」じゃないよ「おおや」だよ。

「餃子通り」を歩いてみる。元から『みんみん』や『正嗣』など、宇都宮では長く広く愛されている餃子専門店が並んでいる通りが、ついこないだ、そう名付けられたのだ。路面が焼き色風になっているはずと思い込んでいて、でも、電柱に通りの名があるだけじゃない、と拍子抜けしたが、これからそう塗られる予定らしい。週末だけに、餃子の店の前にはお客が長い列を成していた。『みんみん』そして『正嗣』の餃子は、おいしくてそして安いのだとも知っているけれど、自分の気の短さも分かっているので、わざわざ列に並ぶのはやめて、その通りからは外れたところにある、また別の餃子の店に入る。そこも混んでいたけれど、席はかろうじて空いていた。焼餃子を注文する。大きな鉄鍋で焼かれているのがちらっと見える。目の前に運ばれてきたのを見ると、想像していたのよりも大ぶりだった。オノと食べた餃子もこれくらいだろうか。これも同じく「辣油と酢を入れた小皿の醬油につけて」かじると、ニラが入っているのが分かる。栃木県は、ニラの出荷量は全国二位を誇る。ちなみに一位は高知県。子どもの頃、祖母がつくる味噌汁にはしばしばニラが入っていたこともあり、地元らしい味のように思っている。ただ、宇都宮の餃子には、特段、決まったスタイルはなく、自由だ。それなのによくこの街を代表する名物になったものだな、と不思議に思いもするけれど、その制約のなさが功を奏したのかもしれないとも思い直す。

そして、餃子は、ひとつひとつ包まれていて、そのひとつを基本的にはひとり占めして食べるものだけれど、なぜか、隣にいる人と、一緒に食べているような感覚をおぼえる。連帯感が生まれる食べもの、というべきか。

　市瀬さんが暮らす東京と、ここ宇都宮はおよそ一〇〇㎞離れている。その距離感がちょうどよかったのか。これが栃木の隣県、群馬との関わりだとまた別の話になるのかな。おっきりこみ、焼きまんじゅう、などと、群馬名物がちらと頭をよぎったが、それらの食べものだと地域性が色濃すぎて、東京と宇都宮をすんなりと繋ぐには向かないのかもしれない。

　あくまでも、日本全国津々浦々、どこにでもあって、どこでも日常的な食べものとして認められている餃子だから、しっくりきたのだろうと思う。

　そうそう、大事なことを最後に。『茄子の輝き』では、餃子の具はこれにかぎるとか、こう食べるべきだとか、そういった蘊蓄《うんちく》は書かれない。ただ、女たちは、「口をはふはふ言わせ」たり「熱そうに口をすぼめ」たりしながら一所懸命に餃子を食しつつ、傍にいる市瀬さんのことを放ったらかしにはせず、その場を過度に乱さない程度の情を見せる。そこから、物語が生まれる。

滝口悠生（たきぐち・ゆうしょう）一九八二～

東京生まれ。小説家。二〇一六年「死んでいない者」で芥川賞受賞。主な作品に『寝相』（新潮社）、『高架線』（講談社）などがある。

『茄子の輝き』（二〇一七年／新潮社）は、二〇一五～一七年に文芸誌『en-taxi』『三田文学』『新潮』に発表された作を一冊に編んだ連作短編集。

4　カレーを一皿

『カレーの奥義　プロ10人があかすテクニック』水野仁輔
――ごはんにかけてこそ

うちでカレーをこしらえるとき、すっかり工夫を放棄している。それに気付いた。いろいろな人のカレーのレシピを読んでその断片を組み合わせてみたり、具の切りかたを変えてみたり、入れるスパイスを変えてみたり。そうやって、毎回異なった味のカレーを、毎回大鍋一杯にこしらえ、ちまちまとジップロックに詰めては冷凍庫にしまいこんで、そこまでやってこそのカレーだ、と、達成感を得ていた時期もあった。しかし、ここ数年を振り返れば、うちでは二か月に一度ほど、箱入りルウのレシピに従順に作るくらいで、カレーについてはめっきり受け身になっている。

そう、つくらないものの、週に一度は食べには出かけていく。

よく行くカレーの店はどこかと問われたら、まずは、東京は湯島の『デリー』と答える。

どこが好きかというと、脂っこすぎないところ、具の種類が絞られているところ、私にとってちょうどいい辛さだということ、さらっとしたカレーが白米に絡むというよりも染みていくような様子、などだろうか。こう書き出してみると、私が欲するカレーライスの姿はけっこうストイックなのだな。

加えて、カウンター席が主体で、お客がみんなカレーと直に向き合っていて気が散らないところ、店を出てから、すぐ傍にある不忍池のへりを歩くのも楽しみだね、など、お皿の上のカレーとごはん以外の要因もあると思う。

この本は、その『デリー』の二代目社長の田中源吾さんの話からはじまっている。

「カレーだけで味を見るというのではなくて、ご飯と一緒にちょっと一口食べてみて、後味がいいか悪いか」そこを田中さんは大事にしているという。

また、カレーをこしらえるとき、炊き立てのごはんの湯気と共にふわっと鼻に入ってくる香り＝立ち香と、飲み込むときに喉から鼻に抜ける香り＝含み香について考慮しながら、スパイスを入れるタイミングを計っているというくだりは、日本酒における酒質の設計の話を想起させる。ただの「カレー」ではなくて「カレーライス」ならではの、根っこの部分を大事にしている上に、そのやりかたは理屈に裏付けられているから、この店を自分は信頼できるのだな、と、納得した。

『カレーの奥義』には、文字通り十人十色のカレー談義が収められている。カレーを長年こしらえてきた十軒の十人の元へ、その経験に裏打ちされた話を聞かせてもらいに出かけるカレー研究家の水野仁輔さんが掲げているのは「カレーとは何かを解明したい」という使命だ。そこで水野さんがキャッチした数多の言葉に含まれているのは「奥義」というよりも理屈、あるいは思想。

中でも、水野さんが深追いするのは、玉葱を炒めるという工程について、である。カレーづくりにはまずそこからという前提が、日本では広く深く共有されてきたけれど、それがどうして必要なのかということを筋道立てて説明できる人はそう多くないのでは、と。

玉葱の扱いについては「焦げるギリギリまで」「限界まで炒める」ところからはじめる店もあれば「四つ割りにしてお湯足して炊いてい」く店もある。バターで炒めてから一晩置いてじわじわ冷ますというプロセスを経る店、また、「あんまりトロトロにならない程度」に炒めて仕上げに加える店もある。読み進めていくと、自分の胸中にくっきりえがかれているはずの、カレーの輪郭が滲みはじめる。呼び名は同じ「カレー」でも、これほどまでに工程が異なるものなのか。

店による見解の相違もあり、たとえば「しょうがとにんにくは一緒に入れるとケンカする」と言う人もいるし、それを否定しない人もいる。また、甘味を出すためにりんごを加えるということは同じでも、生のまますりおろしたものを入れる人、わざわざジャムをこしらえてからそれを入れる人もいる。

不思議だ。

しかしここで、カレーというメニューの懐の深さを思い知る。各々が目指す着地点は違っても、それを受け止めるこちらは、わあ、カレーだね、と、認めて、うれしくぱくつくのだから。

とはいえ、もちろん、カレーらしさの核をなす部分というものは共有されている。「ちょっとビター」と表現されるカレーを出す、神保町『共栄堂』では、地下一階にある店の扉を開けると、その「ビター」な香りに包まれる。その香りは、カレーらしいものかというと、そうでもないような気がする。注文して程なくして運ばれてくるカレーは、後味にほんのわずかに苦味がある。そのせいかどうか分からないけれど、とてもキレがいいな、という印象を抱く。添えられるコーンスープともしっくり合っている。

三代目の宮川泰久さんは、カレーの味見をするとき「ちゃんとご飯に少しかけて食べる」という。ただ汁だけなめてみるのと「ご飯にかけた時の味の印象は全く違うから」。その考えかたは『デリー』の田中さんと共通している。やはり近しいところといえば、食後の印象をいい塩梅のところに着地させることに尽力していることも、そう。宮川さんは、「「うまいうまい」と言って食べて、お店を出た後、神保町の街を歩きながらほんのりあの苦み、ビターな感じが頭に残っていて、「ああ、また行きたいな」ってなるという感じが理想」と語る。

『ラ・ファソン古賀』の店主、フランス料理人の古賀義英さんは「やっぱり本当にうまいものは、一口食べた時はそこまでブワーッとこないけど、だんだんだんだん食べていくうちに体にジワーッと入ってきて、食べた後にとても爽快な気分になる。で、また食べたいなと思う」と言う。

ひと口目の感想ばかりを重視する人が多過ぎやしないか、と、もやもやすることが少なくなかった私は、その言葉にとても安心する。そう、そんなに感想の提出を急かさないで、一皿の上でスプーンを踊らせているあいだくらいは。

水野仁輔（みずの・じんすけ）一九七四～
静岡生まれ。「AIR SPICE」代表、カレースター。一九九九年に出張料理集団「東京カリ

〜番長」を、二〇〇八年には「東京スパイス番長」を結成。主な著書は『俺カレー』（アスペクト）、『銀座ナイルレストラン物語』（小学館文庫）、『いちばんやさしいスパイスの教科書』（パイインターナショナル）などがある。

『カレーの奥義　プロ10人があかすテクニック』（二〇一六年／ＮＨＫ出版）は、カレー専門店やレストランの料理人へのインタビュー集。

『アンソロジー カレーライス!! 大盛り』杉田淳子・編
――ライスカレーVSカレーライス

ライスカレーか、それともカレーライスか。

この選集には、カレーエッセイ四十四篇が収録されている。そのうち、およそ五分の一の作品には、この二択問題が登場する。少し昔に書かれたものが主だ。

カレーを前にしたとき、頭の中にそんな二択が浮かんだことはない私だが、かつてのカレーの世界ではそうとう重大なテーマとして扱われていたのが分かる。

ページをめくって一作目、池波正太郎のエッセイは、「カレーライス」と題されているにも関わらず、書き出しはそのタイトルを裏切っている。

「〔カレーライス〕とよぶよりは、むしろ〔ライスカレー〕とよびたい。

戦前の東京の下町では、そうよびならわしていた」

それから、お母さんがこしらえた「ライスカレー」がどんなものだったかを書き綴っていく。そして、外食の思い出話に登場するものは「カレーライス」と、書き分けている。

続いて、向田邦子は「昔カレー」と題して、やはりこの名称の違いについての持論を書く。

「金を払って、おもてで食べるのがカレーライス。

自分の家で食べるのが、ライスカレーである。厳密にいえば、子供の日に食べた、母の作ったうどん粉のいっぱい入ったのが、ライスカレーなのだ」

井上靖のエッセイではタイトルからして「ほんとうのライスカレー」と言い切っている。

「私の場合は自分の幼少時代のライスカレーだけがライスカレーの名に値するものであり、他はすべてイミテーションであるという思いをどうすることもできないのである」

娘さんがあれやこれやと工夫してこしらえてくれたというカレーを、あくまでも「カレーライス」と呼び、「どんなにそれが上等でも、またどんなにおいしくても、私に於ては、それはライスカレーではあり得ない」と、認めない。

北杜夫のエッセイのタイトルは、シンプルに「カレーライス」。そこでは「幼いころ、カレー・ライスか、ライス・カレーかということを従兄と議論したことがあった。日本語ではどちらでもよいらしいが、英語のメニューでは、一応カリー・アンド・ライスとなっているのでカレーライスとしておく」とある。子供が議論の対象にする程の大問題だったのか。北杜夫は一九二七（昭和二）年生まれだから、それはきっと戦前のことだろう。

全く同じく「カレーライス」というタイトルで、山口瞳は「カレーライスかライスカレーかということがある」と書き出す。このエッセイは、一九六三（昭和三十八）年から『週刊新潮』に連載されていたコラム「男性自身」の、初期の一篇だ。だから、北杜夫の話とつなげると、少なくとも三十年以上、この問題には決着がついていないことが分かる。

「御飯のうえにカレーがのっかっているのがライスカレーだそうである。御飯を避けて脇の方にカレーがあるのがカレーライスであるそうだ。どうもよくわからない。私にとっては、そとの食堂でたべるのがカレーライスである。家で女房のつくるのがライスカレーである」

ここまで読むと、池波正太郎、井上靖、向田邦子、山口瞳は、うちのカレー＝「ライスカレー」だと定義している。さらにいえば、つくって「もらう」ものである。母あるいは、祖母、妻に。なにやら、みんな女だ。「ライスカレー」というのは、うちで女につくってもらったのを食べてこそ、しみじみ思い出されるという、家庭内の受け身のカレーの総称なのだろうか？

タイトルから「カレー」の三文字を排した、寺山修司の「歩兵の思想」を読むと、その推論が裏打ちされるようだ。自身がパーソナリティーをつとめていたラジオ番組に、リスナーが一分間という枠でスピーチをする、というコーナーがあり、そこで「あるサラリーマン」が、妻のこしらえる「ライスカレー」を「「家庭の幸福」のシンボル」のように語ったことから、そういう「現状維持型の保守派」を「ライスカレー人間」と名付ける。そして、ラーメン屋に出かけたがる人の傾向と比較する。「ラーメン人間というのは欲求不満型の革新派が多い。それは（インスタント食品をのぞくと）ライスカレーが家庭の味であるのにくらべて、ラーメンが街の味だからかもしれない」

そんな風な「ライスカレー人間」とは一味違って、大衆食堂で出てくるカレーも「ライスカレー」としていたひとりが、滝田ゆう。「場末の大衆食堂の殆ど片栗粉の利いたテカテカのライスカレー」と、その姿を描いた上で「（カレーライスかライスカレーか、今はそんなことどっちでもよろしい）」と、付け加える。（　）内からは、いかにその使い分けにみんながこだわっていたかが伝わってくる。ちなみに、このエッセイのタイトルは、これも直球で「ライスカレー」。

吉行淳之介もその点は同じく。やはり「ライスカレー」というタイトルで「食堂で食べさせる、黄色くてドロリとして、福神漬のよく似合うのがライスカレーである」と書いている。このふたりは、ライスカレーを家庭から解放している、ともいえる。

吉行淳之介は、カレーと、ラーメンととんかつを併せてくくり「これらを味わうには、洗練された舌をもっている必要はないので、最大公約数的な味覚に、端的に素朴に訴えてくる。そこがよろしいので、もっとデリケートな味覚に訴えようとすると、ライスカレー変じてカレーライスとなる」と定義している。洗練から切り離されてこそ成立する、野暮な存在としての「ライスカレー」。

ライスカレーについて書かれているくだりを読むとき、もじもじした気持ちにさせられがちなわけ、もう一歩踏み込んでいうと、なんとも居心地が悪くなるわけがだんだんわかってきた。

ライスカレーの味について、みんな、真正面から褒めることはしない。いかにも愚鈍なもののように描くわりには、自分だけはその味わいのよさを知っている、と、今度は誇らしげな素振りを見せる。

なぜ誰も、うちの母ちゃんのライスカレー最高だよ、どこに出しても恥ずかしくないよ、なんなら明日食べに来るかい？　と、誘ってくれないのだろう。ライスカレーというものは、閉じているように感じられてしまう。こしらえる側の話がほとんど収録されていないせいもあるだろう、とも思う。

呼称二択問題からはいったん離れて、林真理子の「カレーと煙草《たばこ》」を読む。

家庭と街のあいだのカレーが主人公だ。高校時代、家が勝沼のぶどう農家だという男友達のところへ遊びに行き、畑仕事を手伝う。そして、細切れ肉、じゃがいも、にんじんが入ったカレーをごちそうになる。

「農家のカレーというのは茶色のしっかりした粘度を持っている。お米もぴんと立って、流れていこうとするのをしっかりと防ごうとしているようだ」

その「しっかり」を重ねたくなるほどの「粘度」があるところが、林家のカレーとは違っていた。林真理子のお母さんがこしらえるカレーはしゃばしゃばで、思うに『カレーの奥義』で解説される『デリー』の、あまりとろみが出ないように工夫するというカレーに近しいだろうか。林真理子はその「びしょびしょカレー」を好かず、うちでも「粘度」を出してほしいと頼むのだが「そこのうちはメリケン粉をやたら入れるからだよ。あれは舌ざわりが悪いから、私はあんまり好きじゃない」と、お母さんも譲らない。

「そんなわけで、私は母のカレーをあまり食べたいとは思わないが、今でも弟は家に帰ってくるたびにリクエストするらしい。カレーへのノスタルジアは、女より男の方がずっと強いようだ」

『アンソロジー　カレーライス!!　大盛り』を通読するとたしかにそう、幼時のカレーへの郷愁は男ならでは、と、思いもするのだが、いや待てよ。そこは、男、ではなくて、自ら台所に立たない人ゆえの執着、なのではないか。台所をそれなりに長いこと取り仕切っていて、かつ、センスを持ち合わせてさえいれば、自分のこしらえるおかずのおいしさが、懐かしさを凌駕するときがきっと来てしまうのだから。

そういえば、『向田邦子の手料理』という本もあるくらいの、ごはんをこしらえることにやり甲斐を感じていたはずの向田邦子は、お母さんの「ライスカレー」と、やはりそれを懐かしむ知人のエピソードをしみじみした筆致で描きながらも「私は、母に子供の頃食べたうどん粉カレーを作ってよ、などと決していわないことにしている」とエッセイをメている。やっぱり、自分だったらもっとおいしくできる、などと思ってしまうのが、もはや、母というものは無条件に寄りかかれる存在ではないのだと確認することが、こわいのかもしれない、とも邪推する。

『アンソロジー　カレーライス!!』は、二〇一三年にPARCO出版から刊行された。二〇一八年、書名を『アンソロジー　カレーライス大盛り』にして増補、ちくま文庫に収録。池波正太郎、井上靖、向田邦子、中島らも、内館牧子、安西水丸、林真理子、伊集院静、小津安二郎、井上ひさし、町田康、寺山修司、伊丹十三、獅子文六、神吉拓郎、阿川弘之、古山高麗雄、北杜夫、阿川佐和子、尾辻克彦、久住昌之、滝田ゆう、東海林さだお、泉麻人、山口瞳、内田百閒、五木寛之、よしもとばなな、村松友視、藤原新也、吉行淳之介、吉本隆明、色川武大らのエッセイを集めた、どこをめくってもカレーから逃れられないアンソロジー。

5　おやつの時間

『東京甘味食堂』若菜晃子

——東京二十三区全てに甘味食堂は存在する

食堂、その言葉から私がぱっとイメージするのは、わいわいと賑やかな情景だった。たしかにそれも間違ってはいない。けれど、この本で巡る食堂は、同行者がいなくとも気詰まりではなく、ひとりひとりが世間の一角を占めながら心静かに食事をとれる場所だ。それは「甘味食堂」ならではの過ごしかたなのかもしれない。

タイトルどおり、東京二十三区の甘味食堂を六十軒案内するエッセイ集だ。「掲載店一覧」を眺めていると、屋号は短く簡潔なものばかりだ。店名が横文字なのは、一之江『マミー』の一軒しかない。その由来は、もともとは牛乳屋をしていて、喫茶をはじめるときに新たに名付けることになり、名字でいこうとしたら異論が出て、それじゃあと、森永乳業の乳酸菌飲料の名を借りたというのだ。のんびりしていていい。

そんな風に、店主から聞き取った、店の歴史などにふれられる箇所もあるけれど、ほとんどは、若菜さんが食したもの、そして、席から眺めた風景の描写が主だ。情報よりも、情緒。

山そしてお菓子についての本を何冊も書いてきた編集者の若菜晃子さんは、甘味食堂というのは、稲荷寿司、やきそばなどの、やさしい印象の軽食と、あんみつやパフェといった日本的なデザートが共存するところだと定義づけている。それだから、例えば、学生時代から通っているという目白『志むら』ではこんな逡巡が生じる。

「お弁当にはプラス三百円であんみつがつけられるのだが、後で和菓子を買って帰ることを考えると、一日に何度も甘いものを食べてはいけないだろうと今日のところは自粛する。『志むら』ではいつもそうやって自粛するので、おまけのあんみつってどんなのかなといつも思う」

ずっと横たわったままの、ほのぼのした謎。この食堂のメニューを全部制覇しなきゃ、などという、スタンプラリー的な焦燥は、若菜さんが向かう卓上には存在しない。

若菜さんは、甘味食堂に入るとき、ひとりだったり、あるいは夫と一緒だったりする。友達と長い時間話し込むときもあれば、仕事相手との打ち合わせ場所として甘味食堂を指定することもある。だから、扉を開けるときの心持ちもいろいろだ。

ひどくくたびれた日に立ち寄り、温めんとバナナパフェを注文して、元気を取り戻したという、人形町『初音』の話の〆の一文は、ぐっとくる。

「疲れて来ると、『初音』のよさがよくわかる」

そういや、私も、まだ、それほど暖かくもない春先の午後、どうにも腹の底が弱っていて、でもなにかしら口にしたい、そんなときに甘味食堂に向かったものだなと思い出す。そこは、この本にも登場する『甘味おかめ』の支店だった。お汁粉を注文した。会津塗りのうるしのお椀の蓋を開けると、いい香りの湯気が立って、あんこに助けられる局面は少なくないことを確認したのだった。そのとき、本調子ではないくせに、いや、シャッターを切ればちょっとでも気分が上向くと思ったのか、お汁粉の写真を撮っていた。それを見返すと、小ぶりのもちがふた切れ入っていたのが分かる。そんな調子で、それほどもちに執着のない私なのだが、この本に収録されている、「のし餅」についてのコラムを読むと、あらためて、あの、特有の柔らかさを再確認したくなる。

「店頭で堂々と生ののし餅とお赤飯を売っている店は信用に値する」と若菜さんは言い切る。なぜなら「お餅は一日で固くなるものなので、よそからの仕入れではとてもやっていけない」ものだから。日々、餅米を蒸してもちをつき、お赤飯を炊き、自家製を貫く、生真面目さのしるしなのだと。

若菜さんがスケッチしたその餅の姿も載っている。他にも、運ばれてきたかき氷やみたらし団子、箸袋、店の人の佇まいなど、そこの雰囲気を構成する物々を描いた絵はこの本のそこかしこにちりばめられている。特筆すべきは、各店で着席後にすっと出されるお茶、あるいはお冷やまできっちり描かれていること。

たとえばはじめて入る店で、あらかじめそこの看板メニューはこれであると知っていてそれを目指してきた、という場合ばかりとはかぎらない。甘味食堂は、ほどほどにぼんやりした気分で扉を開けてもそれなりに受け止めてくれる場所のように思える。もちろん、前述のように、その日の連れや、気候の塩梅、腹具合などにも、その選択は大きく左右されるものだし。

とりわけ若菜さんは、故郷にて馴染んだ味の片鱗を、つい、求めがちだ。若菜さんは神戸の生まれ育ちだ。なので、十条『だるまや餅菓子店』で、かき氷のメニューに「丹波栗」とあるのを、値段が張っても迷わず注文する。かき氷はいつも豪奢であるべしという質ではないのは、先程紹介した人形町『初音』の話では、以前に注文した「すい」が品書きに今もあると記されていたので、知っている。「関西ではみぞれと呼ぶ、すいを出しているお店も今では少ない。今はもう、豪華で贅沢な味のかき氷が全盛なのだから、砂糖水のおいしさをわかれという方が無理だろう」と。ただ、丹波栗という三文字を見逃せないのは、その名前のとおり、若菜さんの出身地方面、兵庫は丹波篠山で栽培される栗だからなのだった。

また、高円寺『甘味　あづま』では、ラーメンを食べようと決めていたのに品書きを見るや否や、方針転換をする。

「私はチャーハンの文字には反応しないが、やきめしといわれると心がざわつくのである」

それは私もよく分かる。以前住んでいた京都で、気に入っていた中華食堂のメニューに、やきめし、とあるのをいつも勇んで注文していたから。そう、京阪神では、具入りの炒めごはんは、チャーハンではなくてやきめしと呼ばれるのが常だった。なぜだろう。前述のかき氷の、東京では「すい」、関西では「みぞれ」との呼称の違いとはまた由来も別物だろうか。

十条の、丹波栗のクリームがのっかったかき氷にも、高円寺の、ハム、玉葱、玉子、青葱、かまぼこの入ったやきめしにも若菜さんは裏切られはしなかったが、馴染みのはずのうどんに失望する。「幼い頃の数少ない外食経験でも、温かくやわらかいきつねうどんがおいしかったというすり込みゆえなのだが、関西のおうどんをイメージして東京でうどんを食べると失敗することが多い」と、悔やむ局面については、この本の前半、開高健のページでもふれた。

プロフィールをみると、三十年以上は若菜さんは東京に暮らしていると推察される。それでも神戸での刷り込みは薄れることがない。食べものの記憶というのはそういうものだ。

とはいえ、東京にて、代を重ねて続く甘味食堂でも、その店と、あるいはその街とつながる思い出が積もり、重なっている。

たとえば、久々に入った神楽坂『紀の善』にて、若菜さんは、待ち合わせた知人を待つあいだ、どうも以前より広くなったようだと、周りを見回す。店の人に訊ねてみると、二十年ほど前に改築したのだという。つまり、若菜さんがここに来るのは二十年ぶりだったのだ。

「二十年前は知らなかった人と、なごやかに笑ったり話したりしながら、変わらずおいしい甘味を食べている」という一文は、平穏とはそういうことなのだな、と、しみじみ響く。

東京二十三区全てに甘味食堂はあるのだ。そのことを知ると、この首都にたしかにある長閑な一面が不意に照らし出される。

若菜晃子（わかな・あきこ）一九六八～

兵庫・神戸生まれ。『wandel』編集長、『山と渓谷』副編集長を経てフリー編集者。著書に『地元菓子』（新潮社）、『街と山のあいだ』（アノニマ・スタジオ）などがある。リトルプレス『mürren』編集発行人。『東京甘味食堂』（二〇一六年／本の雑誌社）は東京二十三区に残された甘味と軽食を提供する食堂を巡ったエッセイ集。

『ニッポン全国　和菓子の食べある記』畑主税

――和菓子とはなんだろう、との問と解

四十七都道府県の和菓子尽くし。

この一冊あとでみっちり紹介する、仙台駄菓子の『石橋屋』も登場する。とはいえ『ニッポン全国　和菓子の食べある記』で取り上げられる和菓子は、基本的には次節『ふるさとの駄菓子』では「上菓子」とされるものが主だ。子供がお小遣いを握りしめて自ら買いに行くものではなくて、ご褒美として大人からもらったり、大人のあいだでやりとりされるお菓子。

この本の値打ちは、和菓子選びのプロが探し出したお菓子が、五百品も収められているところにある。いわば、質と量が両立している。取り寄せるのではなくて自らが買いに行っているというところが、信頼できる。実際に店の暖簾をくぐって、店主と話して、その店ではこれだという品を見出す、という行為が数百も積み重ねられてい

るのだから。老舗百貨店『高島屋』の和菓子バイヤーという職を最大限に活かしている畑主税さん、その仕事ぶり、見習いたい。

和菓子五百選のうち、私はどれだけ口にしてきただろう、目次を開いて、その隣にノートを置いて、記憶にあるだけ書き出してみると、ほんの六十品ほどだった。食べものについて書く仕事をしている者としては少ないかもしれない。そして、どのお菓子も、住んだことのある街か、友人か親戚が暮らす土地でこしらえられたものだった。全く未知の土地でできあがったものを食べることができる、そういう状況はたしかに豊かではあるが、和菓子に含まれるのはまた別種の豊かさなのだと思わせられる。

さらにその中から、また食べたいなと思えるものに印を付けていくと、どらやき、焼き餅など、小豆でこしらえたあんこを、小麦粉や餅米でこしらえた皮でくるんだお菓子が多かった。それに、これは何度も食べたなと思い出せるふたつは、東京は新宿『わかば』の、塩気の利いた粒あんのたいやきと、埼玉は秩父『水戸屋本店』の、柔らかな餅で粒あんをくるんだ「ちちぶ餅」。私の和菓子の好みは、よくいえば王道、言いかえれば保守的なのだなと知らされる。粒あんが好きだよな、とも。そして、食べごたえのあるものを求めていること、さらに、「とろん」とか「ぷよぷよ」という口触りにも、透明感にもあんまり執着がないなということも。つまり、色気のない和菓子ばかりを好んでいるのだ、と。

では、色気のある和菓子とはどういうものかというと、ぽんとそこに置かれたとき、見た目にも柔らかそう、揺すればふるふるとして、たっぷり水気を含んでいるもの。あと、色合いに愛嬌があるものだと思う。もちろん、茶色が基調ではない。この本で十数個が紹介されている、生の果物入りの大福はその条件を満たしていると思われる。たとえば、東京『翠江堂』の、いちご大福の描写がまさにそれ。

「いちごの甘酸っぱさが弾け、水分量の多いこし餡がそこにうまくからみ合って「幸福感が漂います」。

また、富山は高岡の『引網香月堂』の「いちご餅」だったら、みずみずしいいちごをくるむ役目を務めているのは「特筆すべきは白餡。生クリーム、バター、卵黄が加えられている、洋風のオリジナル」で「黄金コンビといえる練乳といちごのような絶妙なバランスを生み出してくれているのです」という。豊かさというものが凝縮されているようだ。

ちなみに、いちご大福は「今では和菓子のスタンダードですが、実際には誕生してまだ30年ほどしか経っていません。三重県の和菓子屋が考案したのが最初といわれていますが、どこが元祖なのかは、はっきりしていません」と、畑さんは書いている。

取り上げられている数はいちご大福より少ないものの、登場すると、ついページの角を折ってしまうお菓子がある。それは、復活和菓子だ。この本の中にそういう項目があるわけではなくて、私が勝手に名付けたのだけれど。

まん丸でつやつやしたおはぎの店、京都『今西軒』は、一八九七（明治三十）年創業で、二十年程前にいったん店を畳んだという。しかし、数年後「孫の正蔵さんが今西軒を継ぐことを決意。お元気だったおじいさんからたくさんのことを教わりながら、あの味を再現するために試行錯誤を繰り返して、ようやく完成」したとのこと。

また、長野の善光寺名物だった「干し柿のようなフォルム。柔らかい餅生地で小豆こし餡を包み、そば粉がまぶされてい」る、そば餅は、数年のブランクを経て、かつてそれをこしらえていた菓子店に勤めていた職人達が復活させたとある。「初めて食べたときは、しばらく黙り込んで、鼻腔に残るそばの香りを楽しみ、味わい尽くしたのを今でもはっきり覚えているくらいに、衝撃的な出会いだったのです」と畑さんは書く。

名古屋では、麩焼き煎餅にほんの少し塩気を利かせた小豆こしあんをはさんだ「茶三昧」や「夏の霜」「うすらひ」といった、菓銘も風情たっぷりの和菓子が、かつてあった『亀末廣』から分家『亀広良』に引き継がれているという。

「もはやこれらの菓子は亀末廣の銘菓にして、亀広良の銘菓として生まれ変わっているように感じます」

これらの復活和菓子にはどうにも惹かれ、そのエピソードを繰り返しかみしめたくなる私。どうしてかというと、おいしいものはそうやすやすとは消え去らないのだと確かめると、ほっとするから。それに、新たにつくり出すことばかりが偉いと思い込んでいた若い頃を通り過ぎたから。

日本全国津々浦々を巡る中、畑さんは、とりわけ愛知県に着目している。和菓子といえばつい思い浮かべがちな京都よりも、愛知、というのは正直言って意外だった。東京の和菓子は「技巧的な表現」が多く、京都や名古屋は「抽象的」だともある。愛知には京都の流れを汲む和菓子屋が多いともあるから、少し昔の京都の、抽象的な和菓子の姿が残されているということなのだろうか。そのあたりについてはもう一歩二歩踏み込んで知りたいところ。

数多の和菓子を眺めていると、和菓子とはなんだろう、という単純すぎる問いがやはり頭に浮かぶ。素材はこれとこれに限る、というルールがあるわけでもなし、和菓子とそうでないお菓子とはどこで線引きされるのだろう、と。その疑問に対しての答えも、ちゃんとこの本の中にはあった。

「食べ物を味わって、静寂の極致に出会うことができるというのは、間違いなく和菓子にしか引き出せない世界観だと思います」

畑主税（はた・ちから）一九八〇〜
「高島屋」和菓子担当バイヤー。全国千軒以上の和菓子店を訪ね、一万種以上の和菓子を食べてきた。
『ニッポン全国　和菓子の食べある記』（二〇一七年／誠文堂新光社）は、ブログ「和菓子魂！」に綴った記録を元にしている。

『ふるさとの駄菓子　石橋幸作が愛した味とかたち』
――手のひらに載る嗜好品

あらためて、駄菓子とはなんだろう。

「Traditional Hometown Sweets」と、『ふるさとの駄菓子　石橋幸作が愛した味とかたち』の表紙にはある。

一九七〇年代生まれの私の、幼時の思い出の中にある駄菓子は、この本でつぶさに紹介されているものとは違う。チープで、小さくて可愛らしくて、でも、決してはなやかではないというところは同じでも、私が学校帰りに小遣いを注ぎ込んで、こっそり食べていたものは、ほとんどが最初からぴっちり包まれた姿でこちらに手渡され、そのパッケージには製造元の住所が記されていた。自分の住む土地からは遠い場所の。そう、「Hometown」のお菓子ではなくて、工場で大量につくられ、文房具と駄菓子を一緒に売る店まで届けられるのだった。

この本に載っているのは、地元でこしらえられ、地元で食べられるものばかりで、そしてみんな手づくりだ。

宮城は仙台の、お菓子屋の二代目として生まれた石橋幸作さんは終生、駄菓子研究に打ち込み続けた。この本の中では、幸作さん、と呼ばれているのでこちらもそれに倣うことにする。一九〇〇（明治三十三）年生まれの幸作さんは、それより昔の駄菓子を復活させたり、リアルタイムで入手できるものは口にし、スケッチし、そして紙粘土で模型をつくったりした。この本には、幸作さんが描いた紙の上の駄菓子、これてつくった駄菓子のオブジェの図版がたっぷりおさめられている。

「駄菓子」という呼称は、明治時代以降、関東以北で使われるようになったとも、この本にはある。それより前は「雑菓子」といったそうだ。

さて、駄菓子とはどんなものなのかについて、この本では、幸作さんは「『日本固有の風土が生んだ穀類の加工食品』と定義づけている」とある。「駄菓子は腹もちがよく、廉価で栄養があり万人向き」とも。

仙台に行くと、土産ものの中に「仙台駄菓子」というひとつのジャンルがあることに気付く。幸作さんの息子さんが三代目として継いでいる『石橋屋』と『熊谷屋』『日立家』の三軒が、それらを手づくりでこしらえ続けている。

「きなこを水飴と砂糖で練り固めてねじった」きなこねじり、「餅あられを水飴で握り固めた口溶けのよい」ぶどうにぎりなどは今でも『石橋屋』で買えるし、この本にも、紙粘土の模型が載っている。

一九六〇（昭和三十五）年春からおよそ一年間、幸作さんは、北海道から九州まで駄菓子の旅に出て、翌年、その道中を一冊の本にまとめた。

青森から福島まで、そして宮城を含む東北の駄菓子は「胡桃や胡麻などを用いており油分と重量感があり、どぎつく印象的で、水分が少なく、空腹しのぎになるという特徴があると幸作さんは言う」。この本でも多くページが割かれているそれらの中には、私も食べたことがあるものが幾つも見つかる。たとえば、岩手の渦巻かりんとう、明がらす、切仙松《きりせんしょう》。それから、八戸の鶴子まんじゅう。福島のかみしめ。どれも、材料や食べごたえに、くっきりと東北らしさがあらわれている。これらはみんな、幸作さんの旅からおよそ七十年を経た今も生きている駄菓子なのだと思うと、幸作さんは昔に生きた人ではなくて、つい先程までそこにいた人のように感じられる。

黒砂糖や胡麻のダークな色、豆の緑色がそのままおもてにあらわれたものが多い中で、カラフルな金花糖に目がとまる。古めかしい駄菓子としては珍しく、白砂糖のまぶしい真っ白を基調に、その上に明るい緑色とピンク色で着彩されていて、見た目にも目出度い印象を受ける。山形市でつくられているものが紹介されており、その絵の横には、山形市小姓町、とある。そうそう、こないだ読んだ仙台と山形の遊郭の歴史を辿る本『みちのく仙台常盤町　小田原遊廓随想録』に、この町名が登場した。その街のかつての性格を肯定するかしないかは別としても、花街だったから、人の行き来や祝いごとが絶えず、栄えていたことはたしかだ。それゆえ、このようなお菓子がつくられ続けていたと想像もできる。

数多の駄菓子の中には、素朴で清いとはいえないものもあって、それもちゃんと収録されている。

真っ白で菊花のかたちをしていてきれいだな、と、その紙粘土模型を眺めてみて、名前が「天ぷら」というのを不思議に思ったが「砂糖を入れない落雁に、砂糖の衣をかけたもの」だった。明治の半ばに、軍備増強のために増税がされたとき、「中身に砂糖を使った菓子は高い税金が課されるため、表面だけに使う〝脱税菓子〟が多数工夫されたが、これはその一つ」とある。粉飾駄菓子。ある種、おいしいかも、と思いもするが、やっぱり落雁の中に砂糖が溶け込んでいないと、一口目にはちぐはぐな気がするのだろうな。

また、味を想像すると口中が苦くなるものもある。「大正の頃まで子供相手の安い胡麻菓子は〝胡麻ぬき〟といって油煙、鍋墨、笹の葉の黒焼きなどで着色してつくる誤魔化しが横行した」と。脱税菓子はそれなりに食べられそうでも、これはかんべんしてほしい。

幸作さんは、岡山、熊本などを巡ってみて、温暖で果実が沢山採れる地域では「駄菓子に頼らない」と知ったとある。豊かだから、駄菓子をこしらえることに注力する必要がないのだ。

とはいえ、決して楽には暮らせない寒冷地にて、どうにかおいしい駄菓子をこしらえようと頭をひねること、そうやって少しでも豊かな気分をつくるために苦心することそのものが、無駄だとは思わないが、そんな感想も、幸作さんのこの言葉の前では甘っちょろくしか響かない気がする。

「手仕事は貧しきが故に生れ、貧しさがために滅びさるもの、いわば未解放の歴史なのです」

一九七一（昭和四十六年）に刊行された『駄菓子図譜』の巻頭言だ。

大量生産の駄菓子を食べて育ってきた私には、この言葉をその味からは理解することはできないだろうな、とも思う。

この本の中で引かれている幸作さんの言葉は、きっぱりとしていて、真摯なものとして、静かに胸に沁み入る。それこそがお菓子の、嗜好品の効用でもある。

終生、駄菓子研究に打ち込み続けた石橋さんの言葉は真摯かつ、熱がこもっている。「誰がなんといおうと、駄菓子は私の子供なのである。そろばんや取引きなどで離せるものか、私は駄菓子をぎっしりと握りしめて誰にも渡さない。駄菓子はいつもかたわらで息吹いているような気がする。私は駄菓子に囁く。すると駄菓子は私の思う存分になって仕事をさせてくれる」

小さな嗜好品をとことん愛し、愛された、幸福を映す本なのだ。

石橋幸作（いしばし・こうさく）一九〇〇～一九七六
宮城・仙台生まれ。駄菓子職人、駄菓子研究家。仙台の飴屋『石橋屋』の二代目として跡を継ぎ、菓子づくりをしながら、一九三〇年頃より駄菓子研究に着手。考証復元した駄菓子のレプリカおよそ千点は「博物館明治村」に収蔵されている。主な著書は『駄菓子のふるさと』『みちのくの駄菓子』（未来社）、『駄菓子風土記』（製菓実験社）。
『ふるさとの駄菓子　石橋幸作が愛した味とかたち』（二〇一八年／LIXIL 出版）は、「LIXIL ギャラリー」で催された同名の展示の図録として刊行された。

6　コーヒーを一杯

『珈琲屋』大坊勝次、森光宗男
——二軒の「珈琲屋」の誠実さ

二軒の「珈琲屋」が語り合う。コーヒーを焙煎して、挽いて、片手にネルフィルター、もう一方の手にポットを持って一杯ずつ淹れて、お客に出す、という仕事に長年専念してきた、一九四七年生まれの同い年のふたりの対談集だ。

東京は南青山で『大坊珈琲店』を営んでいた、大坊勝次さんと、福岡の『珈琲美美』の店主だった森光宗男さん。

共通するところが多くあって、かけている眼鏡もお揃いであるくらいのふたりだから、濃く長く話し続けることができる。しかし、読み進めていくと、ずいぶん違うタイプのふたりでもあるなと思いもする。

森光さんは神田の古本屋を訪ねてコーヒーにまつわる文献を掘り出した話をする。

コーヒーに関する記事が載っている雑誌や、コーヒーの登場する場面のある小説も集めたと。対して大坊さんは、コーヒーの本を積極的に探したことはないという。

また、森光さんはイエメン、エチオピアなど、コーヒー豆の産地を訪ね続けていて、大坊さんのことを対談中にも幾度も誘うけれど、大坊さんは固辞する。

コーヒーを淹れるところをじっと見た人は知っているだろう、挽いた豆の上にお湯を注いだとき、豆が膨らんで泡が立つ、あの状態。森光さんが「窓からの光によってはその泡の中に七色の虹が見えるっていうかな、輝いてみえるんです。そうすると、ああ、美味しいコーヒーが入っているなと分かる。まあ、僕なりのひとつの目安だけどね」と言うところ、私も大いに同意した。そうそう、見える、と。しかし大坊さんは見たことがないと言い「膨らむとか泡とかはなくていいからゆっくり淹れましょうとやっているものですから」と返す。すると森光さんは「うちはシブを含む灰汁をとるためにあえて泡を立てているんだよね」と。

『珈琲美美』は一九七七年に開業してから、およそ三十年後に店の引越しをした。『大坊珈琲店』は、老朽化によるビルの取り壊しに直面し、それを機に二〇一三年末に店を閉めた。大坊さんと共に店に立ってきた妻、恵子さんはこう語る。

「自分たちが店をやってきた時間、スタイルや思い、やり方、店に出る時の姿勢は変えたくなかったんです」「今から新しい場所を探して自分たちのこれまでの姿勢を変えないでやっていけるかとなると、どうかなあと」

森光さんは「でも変えるってことは、必ずしも悪いことじゃないよ」と返す。

「たとえばうちは前に穴蔵みたいなところでやっていたけれど、今度は明るい店作りにしたんですよ。それでまた新しいコーヒーを探すっていうことにもなったわけだよね」

このやりとりに、二軒のスタンスの差異がくっきりとあらわれている。「変える」ということをどう捉えるか。

ただ、森光さんは、大坊さんの方針についてはこう解釈している。

「「大坊珈琲店」が何十年もスタイルを変えなかったというのは、そういう型に納めることで、ある別の自由が生まれていたんだと思う」

でも、いちばんの違いはここにあるのかもしれない。

森光さんが語る中には「珈琲の神様」という言葉が何度も登場する。「珈琲の神様に捧げるという気持ち」を持ってコーヒーを淹れるのだと。それに対して大坊さんは「私は……人間寄りかもしれない」と言うのだった。

この本のまえがきに、大坊さんはこう書いている。

「二軒目の計画を止めたのも、そこに自分は居られない、ということが理由だったし、一代限りと決めていたこともそう」

それは、自分のことだけしか考えていなかったからだという。ただ、たしかに自身はそう捉えているのかもしれないけれど、読んでいるこちらは、誠実な人だなあ、という感想を抱く。コーヒーに対して、そして自分自身を含む、自ら淹れたコーヒーを飲む全ての人々に対して、どこまでも厳しく誠実なのだな、と。それはこの言葉からも分かる。

「自分のよしとするものを店に出して、それをどのくらいの人が受け入れてくれるかという考えと同時に、来てくれる人を自分がどのくらい受け入れられるか」「こちらも試されていると思っていましたから」

森光さんもコーヒーに対しては大坊さんと等しく、誠実である。ただ、誠実さをどう表現するかというところが、大坊さんと違っているのだ。

とはいえ、意見の相違はあれども、どちらも、相手のことを言い負かそうとはしていないから、平らかな気持ちで読み進めることができる。そう、互いに理解者としてそこにありながら、安易に同調はしない。同業者にこんな間柄の人がいたらどんなに心強いだろう。

ふたりが共有してきた事柄のうちでも、最もぴったり重なり合うのは、コーヒーを淹れるときに使う道具においてだ。

ネル＝綿の布を袋状に縫い合わせ、その中に挽いたコーヒー豆を入れて、上からお湯を少しずつ注ぐ。すると、布の目を通ってコーヒーのエキスが下に落ちていく。ネル製のフィルターでコーヒーを濾し取るこのやりかたは一般的に、ネルドリップ、と呼ばれる。森光さんは「1800年頃のフランスで本格的に広まりました」と言っている。ただ、その当時と、森光さん、大坊さんとは、道具のありかたが、使いかたが異なっていて「ハンドネルドリップというのは日本の喫茶文化の集大成なんですよ」とも森光さんは言う。

ネルドリップ式の店には、ネルで淹れる理由がある。そこにはなんらかの信念がある。なぜなら、ネルは手間がかかるから。ペーパーフィルターのように一枚毎に捨て去るわけではなく、使った後は洗ってまた使ってと、メンテナンスが要る。それに「ペーパーだと、コーヒーの命である香りの部分を吸いすぎてしまうので十分な美味しさを引きだすことができない」と森光さんは解説してくれる。香りは油分に溶け、その油を紙が吸ってしまうのだと。さらに「なぜネルドリップが美味しいのか。あらためて考えてみると、オイル分との調和はもちろんですが、いちばんはコーヒーが自分でコーヒーの層を作り、コーヒーでコーヒーを漉すという点にある」とも。

大坊さんは、「この道に入る前」とあるからおそらく二十代のとき、銀座『カフェ・ド・ランブル』で目にした、ネル製のフィルターを使って淹れる情景、ポットから注がれるお湯が細い糸のようで「とっても美しい線だったことを覚えています」という。そして「自分もこれしかない」と心に決めて「以来、ネルフィルター以外、使ったことはありません」と。

ただ、ここまでネルドリップのよさと美しさを引いておきながら、なんなのだが、正直言って私はうちではいつもペーパードリップ一辺倒だ。でも、そういえばと振り返ると、コーヒーの店で淹れてもらって飲むコーヒーで、しみじみおいしいなと感じられる局面はネルのほうが多かったなと思い出されるのはほんとうだ。私にとってその味は、出かけて行った先で口にするものだとも思う。

本の終盤、対談も終わりに近づいた頃、森光さんは「僕は生涯、コーヒーを全うするでしょうね」と言う。そのとおりになったことを、ここまで読んできたこちらはもう知っている。森光宗男さんは二年前に急逝し、『珈琲美美』は妻の充子さんが継いでいる。この本に収められた対談は『大坊珈琲店』の閉店前後に収録されたものだ。それだけ寝かせていたとて、ふたりの話は古びない。ただ、その後の経緯を知りながら読むこちらとしては、仕事の続けかたとともに、仕事のたたみかたについても考えさせられるのだった。

大坊勝次（だいぼう・かつじ）一九四七〜
岩手・盛岡生まれ。銀行員を経て、一九七二年「だいろ珈琲店」に入店。一九七五年、東京・南青山に「大坊珈琲店」を開く。二〇一三年、老朽化によるビル取り壊しのために閉店。現在は、手回し焙煎・抽出方法のレクチャーを全国各地でおこなっている。著書に『大坊珈琲店』（誠文堂新光社）がある。

森光宗男（もりみつ・むねお）一九四七〜二〇一六
福岡・久留米生まれ。一九七二年「自家焙煎もか」に入店。一九七七年、「珈琲美美」を開く。一九八七年より、イエメン、エチオピア、ケニア、インドネシア、フィリピンなどのコーヒー産地を訪ねる。著書に『モカに始まり』（二〇一二／手の間文庫）がある。

『珈琲屋』は二〇一八年、新潮社から刊行された。

『コーヒーと恋愛』獅子文六
――その道は果てしなく長く、おいしい

一九六二(昭和三十七)年の晩秋より、新聞小説として連載されていた当時のタイトルは『コーヒーと恋愛』ではなく『可否道』。そのまま完結したものの、一九六九(昭和四十四)年の文庫化にあたり、改題される。その、コーヒーカップの中にハート型が入った絵が表紙の文庫本は、うちの本棚に並んでいたこともあったけれど、人に譲って久しかった。でも、やっぱり手元に置きたいなと、数年前、古本屋でその一段階前の箱入りの上製本を買い直した。三千円した。それから程なくして、このちくま文庫版が出たのだった。もう少し待てばよかった。

たしかに、コーヒーも、恋愛も登場する小説なのだけれど、どうしてもコーヒーのほうに、「可否道」のほうに興味が湧いてしまう私。

「茶道は、立派なものだが、いかんせん、もう古い。現代の生活芸術たるを得ない。

そして、茶に代るものは、無論、コーヒーだ。コーヒーこそは、新しい茶であり、コーヒー道は、日本において誕生すべきものだ……」

生活芸術！

たしかに、豆を挽くところからはじまり、一杯ずつコーヒーを淹れるときの所作、また、飲むためのカップはもちろん、愛好家が磨き愛しむ、コーヒーミルやドリッパーなどの道具あれこれを思い浮かべると、茶道を連想させるところは少なくないなと思わせられる。

「コーヒーの入れ方、飲み方が、この上ともに進歩すれば、作法となり、礼となり、道となり、芸術となることは、茶の場合と変わらないと、信じている」

ちなみに一冊前の、二軒のコーヒー専門店の店主の対談集『珈琲屋』(二〇三頁)でも、「道」にまつわるやりとりがあったのでここに引いておきたい。

森光充子「コーヒーを淹れる様子を見たお客様から、「茶道のお点前と同じですね」ということをたまに言われます」

大坊恵子「うちも同じです。いずれにしても「道」として追究する過程で、その人の人生や生き方まで変わっていく」

こう発言しているのは、ふたりの店主と共に店に立ってきた妻同士で、あるじその人の「道」についてのダイレクトな意見は読めない。でも「可否道」が全くのおとぎ話ではないことがよく分かる。

「可否」という文字をあてたわけは「明治二十一年に、鄭という中国人が、東京下谷黒門町に、日本最初のコーヒー店を開業したが、その時の店名が、可否茶館であった。コーヒーの宛て字に、〝可否〟が用いられたのも、この時が最初である」とのこと。これは、実話だ。獅子文六さんは、その二文字を取り入れたコーヒーサークル「可否会」の会長、菅貫一さんにこう語らせる。

「われわれ同志が、いつも探求してるのは、味の可否であって、アイマイは許されない」

可否会の会員は五人。コーヒーに関係する仕事をしていない、つまりコーヒーで稼いでいない、アマチュアに限られるとある。そのメンバーのひとりが、女優の坂井モエ子さん、主人公だ。

モエ子さんは、女優としては脇役専門で、年も四十三歳で若くもない、お人好し一辺倒でもなければ悪女というわけでもない人物だと紹介される。ただ、彼女の淹れるコーヒーは、たまらなくおいしくて、「理性も、良心も」失わせるほどだと語られる。

淹れかたについての描写を見てみると、ネルドリップ式だ。ネルフィルターの形状は「小さな捕虫アミのようなもの」「綿ネルのコシ袋」と書きあらわされている。そう、形は前者のとおりで、素材と役割についても後者のとおり。存外、分かりやすい。

ただ、その扱いかたについては「コーヒー豆や、道具にこらないし、いれ方にも、煩《うるさ》いことをいわない。ほんとに、無造作である。まず、生まれながらのコーヒーの名手というのであろう」とある。

ちょっと、説得力に欠けやしないか。無造作、というのは、こだわりすぎる「可否会」の他のメンバー、特に、物語の中で彼女と縁談が持ち上がる菅さんと対比させてのことだろうけれど、モエ子さんの豆選びについてはほとんど言及されていないところなど、謎めきすぎているとも思う。菅さんは、妻が他界してからコーヒーにより入れ込むようになり、「可否道」の創設を目論む。その家元には自分がなるつもりだということを、コーヒーを淹れる腕前については一目置いているモエ子さんにだけ、打ち明ける。

ただ、モエ子さんは彼ほどコーヒー一色の生活を送ってはいないし、現状以上にのめり込む素振りも見せない。インスタントコーヒーの広告にも出演するくらいにこだわりがなく、そのことで菅さんをむっとさせたりもする。

冒頭で、この小説の連載がはじまったのは一九六二年だということにふれたが、インスタントコーヒーの輸入自由化は、その前年のことだ。粉をカップに入れてお湯を差すだけのコーヒーが巷にあふれつつあるとき、豆、その挽きかた、淹れかたに手間と時間をかけることをやめない人たちは、時代遅れに見えたのかもしれない。獅子文六さんはそのコントラストを描きたかったのかな。通読すると、どちらかに軍配を上げようというつもりはないのだと思える。ともかく、時流がくっきりとあらわれた小説ではある。コーヒーには世の中の流れがよく映る、そのことがよく分かる。

そして、半世紀以上の時を経て、今、コーヒーにまつわる取材をして歩いていると、菅さんみたいなタイプの人に出会うことは少なくないのだった。「コーヒー豆を生き物として扱い、うまくコーヒーをいれるのは、愛情であり、奉仕であると考えてる。また、道具の扱い方、湯の注ぎ方、そして、口へ持っていく仕草にも、森厳《しんげん》な作法がなければならぬとまで、考えてる」という人たち。

でも、あくまでもコーヒーは大衆性をまとった飲みものでもあって、そこにいつも「森厳な作法」がぴったりはまるわけではない。ただ、コーヒーを淹れることを生業にして、自分なりの立ち位置を定めるべく熟考しつつ、生活芸術を体現しようとしている人に出会うと、私はどうにもうれしくなってしまうのだ。

『コーヒーと恋愛』の旧文庫版を私が古本屋で見つけたのは一九九〇年代半ばだった。ちょうど『スターバックスコーヒー』が東京や大阪を皮切りに日本にもオープンしたところ。当初は、店頭で豆が買えること、エスプレッソが飲めることにとてもときめいたものだったが、そのとき、振り返ればずっとあって、とても近しいスタイルのはずの『ドトール』の存在はどうも忘れていたよな、と思い返す。余談だが、よそで飲むコーヒーといえばこれからは機械でしゅっと淹れるエスプレッソが主流になるんだな、とも当時は思っていて、その予想は大外れだった。

二〇一五年に東京は清澄白河に店を出した、アメリカ『ブルーボトルコーヒー』の創業者のジェームス・フリーマンは、二〇〇八年にサンフランシスコに喫茶室をオープンするにあたり、日本製のコーヒー抽出器具「光サイフォン」をカウンターに並べている。その際にはUCC上島珈琲から助言を受けたのだという。清澄白河の店では、注文を受けてから、挽いた豆をペーパーフィルターに置き、そこに手持ちのポットからお湯をゆるゆると差す、という、それこそ、フィルターの素材こそ違えども、モエ子さんと近しいスタイルで淹れているのである。

菅さんが語っていた「コーヒーのいれ方だって、今では、日本の方が、水準が高いんだ。アメリカ人なんか、東京のコーヒーを飲んで、腰を抜かしてるよ。もう、コーヒーの本場は、日本だね」というくだりなど、まるで未来、いや味蕾予想図として浮かび上がって見えてくる。※

※参考資料：『柴田書店MOOK　カフェ・スイーツ』八十七号「サンフランシスコでサイフォンコーヒーのブーム到来!?　人気の焙煎店Blue Bottle Coffeeのカフェに注目！」二〇〇八

獅子文六（しし・ぶんろく）一八九三〜一九六九
神奈川・横浜生まれ。小説家。一九二三〜二五年に渡仏。本名の岩田豊雄では、劇作家、演出家として活動する。三七年、岸田國士、久保田万太郎らと文学座を設立。食エッセイ集に『食味歳時記』（中央文庫）や、小説に『てんやわんや』『バナナ』（ちくま文庫）などがある。自伝小説『娘と私』（ちくま文庫）はNHK連続テレビ小説の一作目となる。『コーヒーと恋愛』は、一九六三年に『可否道』の書名で新潮社より刊行された。二〇一三年、ちくま文庫に収録。

『神戸とコーヒー　港からはじまる物語』田中慶一
――大衆喫茶の黎明期

小説『コーヒーと恋愛』に登場する、東京のストイックなコーヒーサークル「可否会」は「めったに新会員を受入れない。神戸には、相当の通がいるらしいのを知っても、絶対に勧誘しない」という。やはり、神戸のコーヒーは飲み逃せないものなのだ。

私は五年前に『京都の喫茶店』という本を書いた。取材している最中に「大衆喫茶」という言葉を思い付き、自分の造語のつもりで使っていたのだけれど、『神戸とコーヒー』を読んで、戦前の神戸には、そういうスタイルの店がすでにあったと知る。往時は、コーヒーは洒落ていてお値段もけっこうして、すまして飲むものだったはずと決め込んでいた。しかし、少なくとも神戸では、そうではなかったのだ。

大衆喫茶の象徴的存在だった『ホワイト』は一九二六（昭和元）年に一号店をオープンし、「神戸、大阪で七〇店舗を数える大チェーンとして」君臨した。ミルクコーヒー＝「ミーコ」を流行らせたことでも名高いという。レシピは、牛乳とコーヒーを一対二の割合で混ぜ、サッカリンで甘みを付ける、というもの。『神戸とコーヒー』には、そのミーコ専用のカップの写真が掲載されている。金属製の、把手付のホルダーに、切子ガラスのコップをはめた姿。この、見た目にもきれいで、持ち手も熱くならなくていい器、全く同じデザインではなくとも、たしかに見覚えがある。『イノダコーヒ』で、それから、今はなき京都は木屋町の『みゅーず』で。なぜそういうスタイルになったのかは、沢山のお客の注文をさばくため、運びやすさと割れにくさを優先した結果、とある。それは、以前、やはり京都にある酒器専門工房『今宵堂』で聞いた、少し昔の燗徳利が細身ですっとまっすぐ立った形状である理由とも近しい。

ホワイト所縁の人の話として「当時、東京からもわざわざ「ホワイト」を見に来る人があって、エプロン姿の女性の買い物客が出入りしていることにびっくりしたそうです。東京にはそんな店はないと」とのエピソードも紹介されている。ほんとに大衆的な喫茶店だったんだなあ、と、よく分かる。

それ以前にも、三宮神社の境内に「コーヒーを供する露店が五、六軒並」んでいたともある。メニューにあるのは、ミーコとパン。二十四時間営業の店もあったそうだ。ここしばらく流行っているスタイル、コーヒースタンドのさきがけともいえるのでは、などと思いつつ、その、風通しのよさそうな情景を空想すると、どうにもわくわくしてくる。

『ホワイト』の創業者は、二十歳そこそこの頃、その露店ではじめて、喫茶店、という場にふれたそうだ。その店の名は『ビクトリー』といった。「一坪半ほどのバラックのような小さな店で、新聞を読みながら木陰で一息つくために」数年のあいだ通い詰めたという。

ビクトリーの店主は「日本郵船のヨーロッパ航路のコックだった」。神戸で最も古くからある洋食店『伊藤グリル』も、豪華客船で料理人をしていた人が大正末期に船を下りてはじめたそうで、そういえば、東京でも、第二次世界大戦後間もなく開店した洋菓子店『銀座ウエスト』で、お菓子づくりを担っていたのは日本郵船出身、と聞いたのを思い出す。

一九六九（昭和四十四）年、世界ではじめて、ミルク入り缶入りコーヒーを売り出したことでも知られるUCC上島珈琲の創業者の上島忠雄さんも、やはり三宮の、神社の境内のコーヒーの露店に通い、自分もコーヒーに関わる仕事をしようと一九三三（昭和八）年にコーヒー豆の焙煎業をはじめたという。

コーヒーにまつわる仕事を生業とした人たちが、神戸にて辿った道程を追体験できるこの本では、神戸港が開かれてからの百五十年を、街とコーヒーの歴史を絡めながら辿っている。

「コーヒー豆の輸入は、明治・大正期には横浜が七〇%以上のシェアを占めていたが、昭和に入って神戸港の取扱量は横浜をしのぐほどになり、以降、一九九四年まで、全国一の地位をゆるぎないものにした」

横浜港にコーヒーが入らないようになったのは、大正時代末期に関東大震災があったから。そして、一九九五年は阪神淡路大震災が起こる。港という入口は永遠に平穏ではないということを知らされる。けれどコーヒーはそのあいだも、なにがあっても、ずうっと淹れられてきた。強靭な飲みものなのだ。

この本をいったんぱたんと閉じて、今の時代に立ち返ってみると、どこの街でもやっぱり、大衆的な嗜好品としてコーヒーは求められ、飲まれ続けている。それは昔の神戸と同じような風景で、ということは、たしかにはじまりはこの港町だったのかもしれない。

ついでにいうと、再び『コーヒーと恋愛』で、モエ子さんが、菅さんに色恋絡みの相談をしに行ったのに、終戦直後の「群馬コーヒー事件」についてひとしきり聞かされる羽目になり、むくれる、という場面がある。その事件について『神戸とコーヒー』でもふれられているのを見つけた。戦中に「南米から日本経由でドイツに運ばれるはずのものが留め置かれていた」と、神戸の洋菓子店の記録にあるそうだ。それが群馬にも存在したのだ。『コーヒーと恋愛』では菅さんの亡妻もその豆を入手したというけれど、モヱ子さんはあまりそういう希少な豆に興味ない様子、というやりとりも挟まれて、登場人物の気質をこちらに伝える。

田中慶一（たなか・けいいち）一九七五〜　滋賀生まれ。編集者、校正者。コーヒーと喫茶にまつわる小冊子『甘苦一滴』編集人。これまでに訪問した喫茶店は九百軒以上。
『神戸とコーヒー　港からはじまる物語』（二〇一七年／神戸新聞総合出版センター）は、UCCコーヒー博物館が開館三十周年を迎えた年に刊行された。

『美しい建築の写真集　喫茶編』竹内厚
『喫茶とインテリアWEST　喫茶店・洋食店33の物語』BMC
――コーヒーを飲むための、夢のある場所

　二冊の喫茶建築写真集を開く。

『美しい建築の写真集　喫茶編』は、タイトルのとおりに美しく、そして古い建築の写真集だ。

　あまり軽々しく、美しい、という言葉を多用しないように気を付けている私だ。でも、ここでは惜しげなく使うべきだろうな、と、ページを繰っていて思う。

　掲載されている三十一軒のうち、およそ三分の一は築百年を超えている。

　いちばん古い建物は、函館にある。一八八五（明治十八）年にコレラの消毒所としてつくられ、後に検疫所と改称、第二次世界大戦中は捕虜収容所として使われていた

という、海際という立地と時代を色濃く映す来歴の木造平屋だ。写真を見ると、赤色の屋根にピンクと白色の外壁の、可愛らしい洋館で、その背景は想像されない。十二年前から『ティーショップ夕日』として開かれている。「廊下の窓からの眺めは180度以上ずっと海」で、波の音も耳に届くという。「できるだけ長居してこの環境を味わってほしいとの思いから、何度でも淹れられる日本茶の店にした」という店長の言葉が紹介されている。

では最新は、といっても、五十年以上そこにある建物だ。一九六六（昭和四十一）年に日本初の国際会議場として開館した「国立京都国際会館」本館一階のレストラン『グリル』。ん？　レストラン？　と思いもするが、これは、喫茶「店」を含む、コーヒーを飲むことができる場所、というくくりで建築物を紹介していくという趣向の本なのだ。こちらは託された役割どおりに、「地上六階、地下一階の鉄筋コンクリート造にして、合掌造りを彷彿とさせる」とある。重厚で、巨大だ。

元住宅、元金庫、元教会など、時の流れによって、当初とは役割を変えつつも残されてきた建物が多くとりあげられている。ずうっと喫茶店として営まれている建物はほんの一握りで、そのうちの一軒、京都は四条木屋町にて一九三四（昭和九）年から続く『フランソア』は、喫茶店としては初めて、二〇〇三年に登録有形文化財に選定されたことでも知られる。表紙を飾っているのも、この店だ。小体な洋館の、やはり小さな窓に嵌ったステンドグラスが白色の壁に映える。「店内は、豪華客船の船室を模したとされるが、いまだ現役の黒電話が掛けられたキャッシャー室の丸みを帯びた壁面に、特にそんな趣が感じられた」

私が十数年前にアルバイトしていたやはり喫茶店『ソワレ』から程近いこともあり、『フランソア』には幾度もコーヒーを飲みに行っていた。だから、写真を目にすると、椅子の赤色のビロードの手触り、店内の音の響きかた、カップの口触りまでよみがえり、懐かしさが胸中に満ちる。

『フランソア』に加え、行ったことがある喫茶店を数えてみると十一軒あった。この本で紹介されているうちのおよそ三分の一。写真を見ながら思い出していくと、どこも洗練されているなあ、と、あらためて感心させられる。ただ保存されているだけではなく、その建物に見合った役割を担わせ、日々、お客の出入りを許し、彼ら彼女らが行き交うことによって吹く新しい風によって磨かれていく。その積み重ねあっての、洗練。

その十一軒はほとんどが関西の店だった。例えば、京都の「長楽館」、大阪の「リーガロイヤルホテルメインラウンジ」など。関西には古い建物が数多残っている、ということもある。でも、安穏とずっとそこにあったわけではなくて、たとえば、前述の『ティーショップ夕日』とほぼ同じ頃に建てられたと推測される「旧神戸居留地十五番館」は、阪神淡路大震災で全壊したという。「居留地にあった20棟以上のビルが解体されるという状況の中、十五番館は部材をひとつずつ集めて、およそ3年がかりで再建された」そして今ではレストラン『TOOTH TOOTH maison 15th』として営まれている。白色で立派な洋館、その姿をただ写真で見ただけでは、背景は分からない。でも、それでいい、ともいえると思う。かつての辛さを伝えるためにそこに再建されたのではなくて、惨禍を乗り越えた証としてここに明るく建っているのだから。

まだ足を踏み入れたことのない建物の写真を見るときも、なんとはなしに懐かしさをおぼえることは少なくない。どうしてだろう。

残るべくして残った、残された建築物。そのしぶとさを支えてきたのは、磨き上げたり、手直しをしたりという地道な仕事を続けてきた人たちだ。ページの上には、建築や設計に関わってはいない彼らの名前も姿も見えないが、今、この美しさを享受する私たちが口にする、懐かしいよねえ、という感想は、もしかしたら彼らの気配から引き出された言葉なのかも、と思いもする。

＊

『喫茶とインテリアＷＥＳＴ　喫茶店・洋食店33の物語』は、少し昔に建てられた喫茶店や洋食店を、中から外から、写真と短文で辿る本だ。

まえがきにはこうある。

「高度経済成長期、日本ではたくさんの喫茶店と洋食店ができました」

そのとおり、紹介される三十三軒のうち、一九六〇、七〇年代に開業した店はそれぞれ十軒ずつある。ちなみに最古は一九三一（昭和六）年から続く、大阪の「綿業会館」地下一階のグリル。ここは会員制社交クラブで、誰でもすっと入れるわけではない。「グリルは会員とその同伴者でなければ利用できないのが残念だが、昔からのレシピを守り続けているビーフカレーと、オニオングラタンスープ、そしてアップルパイが名物」と、おいしそうな解説が添えられている。

タイトルに「ＷＥＳＴ」とあるとおり、紹介されているのは京阪神、そして姫路、和歌山にある店だ。二十代半ばの頃この本に載っているような、一九六〇、七〇年代に作られた喫茶店の建築資料集を京都の古本市で求めたのを思い出す。自分は、若い娘から中年女に変わり、店のほうももちろんそれだけ年を重ねているはずなのだが、やっぱり同じように、引き込まれる、見とれる。ソファの背、窓枠、壁と天井のつなぎ目など、店内のどこかに緩やかな曲線が取り入れられている店が数多あると分かる。もちろん、歳月を経て角が取れたなんてわけはなく、建てられたそのとき、まっさらに新しかったときからずっと柔かなカーブを描き続けているのだ。その曲線には、こちらの身を委ねてもいいと思える、しなやかな力がある。

それと共に光を放つのは、温かみをもたらすだけでなくその存在を主張する照明、きっちりと貼られた特注のタイル、ガラスモザイク。ぽってりとして愛嬌のあるフォントであらわされる『パーラー喫茶ドレミ』や『珈琲るーむ森永』など時代を映した店名、磨かれたショーケースに並ぶメニューのサンプル。

時代、といえば、一九七六（昭和五十一）年に開業した、神戸の喫茶店『ぱるふあん』の壁は「煙草の煙で時間が経つほどいい色に変化するよう計算されている」とある。これからはじめようという店だったら、その計算は成り立たない、というところに、少し昔と今のあいだの溝の存在を知らされる。

大阪は天王寺『グリル東洋軒』の先代の言葉に、目がとまる。

「費用がかかろうが、夢があって世間にないものを作りたかった」

きっとその使命感は、三十三軒全てに共通しているものだろう。

今、喫茶特集の雑誌などめくってみると、新規開店する喫茶店では「コーヒースタンド」というスタイルが目立つ。明るく、世間に向かって開かれているようなカウンターで、さっと飲んで、すっと帰る、その潔さも、もちろん気持ちのいいものだ。けれど、そっと内向きに閉じられた空間で、凝りに凝った装飾が施されたものにくるまれて、そこにある夢ごとカップの中に溶かして味わうこと、その贅沢さを噛みしめてもいたい。「コスパ」や「原価」などという言葉はいっとき忘れてしまって。

竹内厚（たけうち・あつし）一九七五〜
日本の地方をテーマに、本づくり、雑誌編集をする会社「Re:S」所属。『美しい建築の写真集　喫茶編』（二〇一六年／パイインターナショナル）では文章を執筆している。本書に収録された写真の撮影を担当しているのは、古瀬桂、鈴木竜典、西郡友典、沖本明、平山賢。

BMC（ビルマニアカフェ　bldg. mania cafe）
「〝一九五〇〜七〇年代のビルがかっこいい！〟という同じ思いをもって集まった五人が、各々の目線でビルの魅力を謳う活動体」。メンバーは、高岡伸一、岩田雅希、井上タツ子

（夜長堂）、川原由美子、阪口大介。リトルプレス『月刊ビル』を発行。主な著書に『いいビルの写真集WEST』『いい階段の写真集』（パイインターナショナル）などがある。『喫茶とインテリアWEST』（二〇一六年／大福書林）に収録された写真の撮影は西岡潔が担当している。

もつ焼き
なす煮びたし
まぐろぶつ
冷奴
ポテトサラ
串盛り合わせ
ハムカツ
だしまき
おでん
肉豆腐

7 飲みにいきましょう

『今夜もひとり居酒屋』池内紀

──「居酒屋的気分」を求めて

「好んで居酒屋に寄り道をしたがるのは、おおかたの場合、その行動様式からして退屈無難志向ではないだろう。とりわけ静かに飲みたい人種は、内面に平均点を大きくハミ出す何かをかかえているものだ」

店のつくりにはじまり、店主の出身地に因るつまみの郷土性、ビールの注ぎかた、純米酒礼賛、マッチのあった時代の思い出などなど、居酒屋の風景がゆったりと描かれるエッセイ集だ。居酒屋とはどんなところなのか、どういう性向の人が集うのか、池内紀さんは親身になって案内してくれる。

そうとう沢山の居酒屋を見知っていないと書けない。されど、あの店だってこの店だって俺はよく知っているんだぜ、と偉ぶりはしない。

居酒屋の本、そう謳っているもののほとんどは、あちこちの居酒屋を紹介する形式をとるガイドブックの体だ。

しかし『今夜もひとり居酒屋』には、実在する店の名前がひとつも出てこない。少なくとも、ああ、あそこか、と、たやすく推測できるような描写はされない。こういう居酒屋の本は意外と珍しいのだ。

このエッセイ集は「三十代初めに出くわして三十年ちかくつき合った」居酒屋の思い出から書き起こされる。池内さんが、居酒屋、という場所に惹かれていくきっかけになったその店は、カウンター六席のみと、ずいぶん小体《こてい》だった。

池内さんは、居酒屋によくある席の配置を「A　カウンターのみ　B　カウンター＋小上がりに小卓　C　カウンター＋四人卓＋奥（小）座敷」の三つのタイプに分類してみせる。とはいえこの本では「カウンター＋四人卓＋奥（小）座敷」ほどに広い世界はほとんど描かれないのは、池内さんにとっては、その小体な店が、自身にとっての居酒屋のスタンダードだったからだろう。

居酒屋とはどんなところだか知ろう、というとき、やみくもに何軒も何軒も飲み歩くことはむしろ遠回りだ、そういう気がしてならない。一度行ったことのある店を十軒数えるよりも、一軒の店に十回行くことのほうが実りあるように私は思う。

なによりも、自分にとってはここがはじまり、といえる店があることは幸せだ。

こちらも、居酒屋に二十年以上は通う者として、そうそう、と前のめりになって同調したいくだりは、食べものを商う店としてはとても駄目だろうと思われながらも、存外愛されている居酒屋は少なくないというところだ。明るくて、ぴかぴかに清潔で、つまみがおいしければ必ずや大繁盛する、とは言い切れない、そこに居酒屋の不思議がある。

池内さんはこう書いている。

「居酒屋には一抹の暗さ、少々のさびしさが必要なのだ。けっこう微妙な陰影であって、暗すぎたり、さびしすぎてもいけない。適当に薄暗く、わびしくない程度のさびしさ」

例えば、品書きの形式から居酒屋をみる。ポテトサラダ、厚揚げ、煮こごりなど、その日の肴が黒板に記されている場合は「こだわりの店」であると池内さんは分析する。

一方、板状のものにメニューをきっちり印字して提げておく「表札タイプ」の店には、それほど突出した個性はみられない。そして、紙に手書きして貼っておく「ビラタイプ」はやる気の有無が両極端な店だという。店主がいいかげんだとずうっと貼りっぱなしで紙は汚れ、メニューが減ってところどころ歯抜けが目立ちはじめるのだと。

それは、たしかにうらぶれた風景だろう。が、だからといって悪いほうへ転ぶと決まったわけじゃない。

「こういう店だから好きだという常連客がいて、乱杙歯《らんぐいば》的品書きの下に腰をすえ、のんびりとおしゃべりしている。むしろ居酒屋的気分がみなぎっていて、それなりにいいものである」

居酒屋的気分!

きっとそれを求めて私は居酒屋へ通っているのだ。自分もその「気分」を醸し出せるひとりになりたいと願って。

さらにいえば、がらがらで、第一印象はよくなくて、それが店を出るまで払拭されなかった、もちろんそれっきり足を踏み入れはしないだろう居酒屋なのに、いつまでも忘れることができない。そんな店もあるのだと池内さんは書く。なぜだろうと不思議がる。全く、同感だ。折に触れ思い出し、じんわりと懐かしさに胸を満たされる。が、再訪はしない。薄情な懐旧だ。これもやはり居酒屋の不思議のひとつだと私は思う。

共感に満ち満ちた本ではあるが、わずかな違和感もぽちりと浮かぶ。それは、池内さんと私の三十五歳という年の差に起因するかというとそうではなくて、きっと、男と女の違いのせいだ。つまみを女に例えるくだりで、イカの一夜干しを「誰がひねり出したのか知らないが、絶妙な命名術といわなくてはならない。白く、やわらかく、やさしげな食べもの」「風雅な「一夜妻」にも通じるところ」と書くのはちょっと無邪気すぎるきらいがあるように、女の私には思われる。一夜妻とは遊女、娼婦の意で、彼女らを、風雅、と形容するのはためらわれる。もっと、ざわざわと不穏で、かつ空しいもののはずだから。

池内さんは、他にはちくわぶやらっきょうを女に例えている。そういわれるところは、共食いみたいで、食欲がなくなってしまうのだ。

それらのつまみに共通するのは、白さだ。白い肴に、女を見て、重ねているのか。「一夜夫」なる言葉もたしかにあっても、そもそも、イカの一夜干しから一夜夫へ空想の翼をはためかせることができない、つまみを男の体に例えようとは思えない私のほうが、想像力が乏しいのだろうか? いや、ただ単に、男だ女だとしつこく言いつのりたいだけの、ただの絡み上戸なのかもしれない、私は。

池内紀（いけうち・おさむ）一九四〇〜
兵庫生まれ。ドイツ文学者、エッセイスト。主な著書に『諷刺の文学』（白水社）、『出ふるさと記』（中公文庫）、主な訳書に、『フランツ・カフカ小説全集』（白水社）、ゲーテ『ファウスト』（集英社文庫）などがある。弟は天文学者の池内了、息子はアラブ研究者の池内恵。

『今夜もひとり居酒屋』（二〇一一年／中公新書）は、月刊誌『中央公論』に「居酒屋の哲学」というタイトルで連載されたコラムを一冊にまとめたもの。

『酒呑まれ』大竹聡
——白色のシャツはどんな酒場にも馴染む

物心付いた頃に嗅いだ、日曜日の夕方に賑やかに飲まれる父の酒の匂いから、今夜はどこで飲むかと考えるのを楽しみにする四十八歳まで、大竹聡さんの酒歴を時系列にたどる自伝的エッセイである。

『酒呑まれ』とのタイトルは、なぎら健壱が大竹さんを「「酒飲み」ではない、「酒飲まれ」なのである」と評したことから付けられたと、あとがきにある。

タイトルは「飲」ではなく「呑」と表記されていても、本文では一貫して「飲」が使われている。あえて使い分けられている。

「呑む」か、「飲む」か。

個人的には「呑む」はやや大げさかと気が引けて、あまり使わないでいたが、他のどんな飲みものでもない、たしかにお酒を前にしているのだ、ということがすっと伝わる字面ではある。

大竹さんとは、たいていは四、五人かそれ以上が集まる飲みの席で一緒になることがほとんどだ。知り合ったのはちょうど十年前だった。その頃は中央線の高架下にあった、いかにも古くて渋い居酒屋『豊後』をおそるおそる覗いたら、やはり知り合って間もなかった画家の牧野伊三夫さんが『ウイスキーヴォイス』という小さな雑誌を作っている仲間だといって、彼を紹介してくれた。それは大竹さんが編集と文、牧野さんがアートディレクションを担当し、サントリーが発行している雑誌で、そのへんの本屋では買えないものだった。めくってみると、バーの主への聞き書きがぎっしりつまっていた。主たちの、泥酔客への対応、休日の過ごしかた、体調を整えるためにしていることなど、ただのお店紹介のページからはこぼれてしまうにちがいないお話もふんだんに読めた。今ではどうだろうか、ふたりが離れてしまってからは読んでいないので知らない。雑誌なのに帯が巻かれていて、そこには「街のバーと森の蒸溜所を繋ぐ雑誌です」と謳われていた。サイズは大学ノートの半分と小体なものだった。バーのカウンターに置かれてもグラスの邪魔をしない大きさだろう、とまでは、当時の私は思い至らなかった。

当時の大竹さんは『酒呑まれ』を紐解けば「バーにハマッた頃」だった。『ウイスキーヴォイス』の仕事がきっかけとなったという。

同じ店にて、同じボトルからお酒を注いで作られたはずのカクテルでも、担当するバーテンダーによってなぜか異なる味わいに仕上がることに、大竹さんは驚き、そして夢中になる。この人だったらこの味、それを記憶するために通い、その記憶をたしかめるためにまた足を運ぶ。そうやって馴染みになった銀座のバーにて「お客さんはなぜバーに通うんだろうね」、大竹さんはそう口に出してみる。バーテンダーからは、きわめてざっくばらんな答えが返ってきた。

「それは大竹さん、バーテンダーが持ち上げてくれるからですよ」

「またずいぶんと身も蓋もないことを言うと思った。しかし、すぐに思いなおして、なるほど、まったくその通りだなと感じた。こういう率直なところも彼のいいところだと改めて思った。

あそこへ行けば、うまい酒を気がねなく、気分よく飲ませてくれる。だから行く。それに尽きるか。自分のバー通いの動機を見事に言い当てられてみるとかえって気持ちは清々《すがすが》しく、私はその後も、足繁く、という状態で通った」

とはいえ、バーのお勘定は決して懐にやさしくはない。なのに、はまった。すると、どういうことになるのか。

「バー通いが始まって二、三年ほど経った頃か、ある雑誌でバーの特集を一人で担当させてもらえることになった。すでにそこそこ詳しくなっていたから、これは稼げる仕事だと思った。

しかし、事実はそうならない。結論から言うと、取材依頼や取材後の挨拶などのために自腹で飲みに行った支払いが合計三十万円になり、その仕事の原稿料はその額をやや下回ったのである」

このくだりには、驚きはしなかった。ただ、身につまされる。

お店についてなにか書くとき、私は『ウイスキーヴォイス』の大竹さんの文章をお手本にしていた。文体をなぞってみるわけではなくて、お店に寄り添う大竹さんの姿勢に倣ったつもりだった。

大竹さんはたいてい白いシャツを着ている。裾はきっちりズボンの中に入れて、ベルトをしめている。ネクタイはしていない。白シャツ、という服は、大衆酒場でもバーでも、どんな店においてもしっくりくるんだなあ、と、いつもあらためて感心する。一時期、それを真似してなるべく白いシャツを着ようとしていたが、シャツに仕立てるようなぱりっとした素材よりも、柔らかく体に添うもののほうが生来自分には馴染む、そう思い直して、やめている。

うさぎ年の大竹さんだ。私はその一回り下の、同じくうさぎ。そんな仲間意識もあって大竹さんの仕事ぶりをつい気にしているふしもある。しかし重なる部分はそれくらいかもしれない。そもそも大竹さんは男だし、生まれ育ちは東京で、娘が三人おり、会社勤めの経験もある、と、まるで来し方が違う。

その会社には二十九歳まで勤めたという。ふと会社を休んで釣り堀へ行ったある春の一日が、この本の前半で綴られる。陽当たりのいい水辺で、会社を辞めてフリーランスになろう、という考えが心のおもてに浮き上がってくる。日が暮れて、新宿へ足を向ける。

「学生時代から馴染んできた三丁目界隈を久しぶりに歩き、ラーメンを食い、ビールを飲み、午後七時を過ぎて、バーへ入った。

ウイスキーを飲む。もう、どうでもいいのかなと思う。結局こういうとき、オレは誰にも相談しないんだなあ、とも思った」

そのとき、かつてお世話になった先輩がバーに入ってくる。大竹さんはその日の決意を打ち明ける。すると先輩は、これからの仕事の面倒をみてあげようかと言ってくれた。

ちょっとできすぎじゃないの、と、口を挟みたくなるが、不器用で、おずおずと人懐っこく、そしてどうにも正直である大竹さんが書くことだから、ほんとうの話に違いないのだ。

二十歳そこそこの大竹さんは「自分が役に立つ場所は、どこにもないのではないか」と惑っていたと書く。そのくだりを読んでも、驚くということはない。大竹さんはやっぱりそう思っていたんだな、と、静かに、腑に落ちる。そんな無力感にさいなまれたことなどこれまで一度もない、などと胸を張る人と一緒にお酒を飲んだって、白けるばかりなのだから。

大竹聡（おおたけ・さとし）一九六三～
東京生まれ。フリーライター。二〇〇二年、ミニコミ『酒とつまみ』創刊。主な著書に『もう一杯!!』（産業編集センター）、『レモンサワー』（双葉文庫）、『中央線で行く東京横断ホッピーマラソン』（ちくま文庫）などがある。『酒呑まれ』（二〇一一年／ちくま文庫）はお酒の思い出を軸とした自伝的エッセイ（書き下ろし）。

『居酒屋の誕生　江戸の呑みだおれ文化』飯野亮一

――はじまりは酒屋の一隅から

酒器づくりを生業にしている友人夫妻がいる。

その工房は京都にあって、屋号を「今宵堂」という。

京都府立陶工高等技術専門校で出会ったふたりは、やきものをこしらえる技術をそこで身に付け、徳利、猪口、盃、肴皿などなど、粋だったり、愉快だったりするかたちの酒器を数多ののんべえの元に届けている。その酒器の中でもかなりプレーンで、古風な雰囲気をまとう正一合の燗徳利について、『dancyu』の燗酒特集号で記事を書いたことがある。ふたりに話を聞かせてもらう前に熟読したのはこの『居酒屋の誕生』だ。特に「居酒屋の酒飲み風景」という章。その中に、そこでは「酒の燗はチロリから燗徳利へ」という話がある。

江戸時代の「正式な宴席や料理屋」では、銅製のチロリを湯煎して燗をつけた日本酒を徳利に移してからお客に出す、というスタイルだったとある。でも、居酒屋ではチロリのままでさっと出していた。それが幕末の頃の宴席では、陶製の徳利で燗をつけて、そのまま客席に運ぶことが増えてきたとある。移し替えないからお酒が冷めなくていい、銅の金臭さがお酒に移らなくていい、とも。なで肩で口の広い、当時の燗徳利の図も載っている。ただ、居酒屋では移し替え問題が発生しないので相変わらずチロリが使われてもいたけれど、燗徳利を使う店も徐々に増えてきて、明治時代に入ると一般的になったそうだ。

そんな風に、燗徳利は直に燗を付けられるから便利、という発想の産物であるのに、このところは、銅あるいはアルミ、錫製のちろりで湯煎したお酒を燗徳利に注ぐ、というひと手間をかける新しい酒場が目立っていて、なぜそこで先祖帰りしているのだろう、と不思議に思う私。

食文化史研究家の飯野亮一さん『居酒屋の誕生』を読むと、酒屋の一隅で酒を飲むことは、およそ三百年前の江戸ですでにおこなわれていたのだと分かる。

「これまでのように、仲間同士が集まって酒を酌み交わすのではなく、このように酒屋に一人で出かけていって独酌をする者も現われてきている」

そう、誰かに声をかけなくても、ひとりでも飲みに行くようになった。酒屋で飲むこと＝「居酒」という言葉が生まれ、そこから、酒を飲ませることに特化した店「居酒屋」がはじまった。

江戸時代と、二〇〇六年の段階で東京にあった居酒屋の数を比べてみたところ「二〇〇年前が五五三人に一軒、今が五四六人に一軒と、数字がほとんど同じなのには驚かされる」とある。

出されていたお酒は、当初は大阪は池田、伊丹の清酒。そのうち、産地として灘が台頭してくる。「江戸で最も賞味された」のは「剣菱」とある。それを、春夏秋冬、燗して飲んだ。肴は「ふぐの吸物、しょうさいふぐのすっぽん煮、鮟鱇《あんこう》汁、ねぎま（葱鮪）、まぐろの刺身、湯豆腐、から汁、芋の煮ころばし、などがよくみられる」。「すっぽん煮」、というのはそんなに馴染みのない調理法だったが、最初に材料を油で炒めて、醬油、砂糖、お酒で濃いめに煮て、仕上げに生姜汁を加える、と、紹介されている。スッポンを煮るときに用いられる味付けはその他の肴にも転用しておいしいということ。

まぐろのお刺身というのはやはり、今でも東京の居酒屋らしさをまとった肴だ。元々江戸でとりわけ好まれていた魚、鰹と同じ赤身であることもまぐろが支持される要因だったと、飯野さんは書いている。「かつおとまぐろの刺身だけを扱う「刺身屋」が江戸には多数出現している」「刺身屋」は「今世、江戸にありて京坂にこれなき生業」とも。西の清酒を愛飲しながら、地魚を食べるのが、江戸の定番だったのだ。

この時代、芋、といえば里芋で、その煮付けたのを看板にする「いも酒屋」もあったそうだ。これも、ぐっと身近に感じる肴。

いつぞや、千葉は船橋の大衆酒場で、おばあさんというべき年齢の女将《おかみ》と、おじさんとおじいさんのあいだの年頃の常連風のお客が、また別のお客についてのやりとりをしているところを耳にした。

女将「あのお兄さんは里芋の煮付けの汁まで飲んで帰ったよ。よそじゃ、ああいうの食べられないのかな」

常連「俺も芋より汁の方がいいくらいだよ」

これを聞いて、その「いも酒屋」を思い出したのだった。そして、江戸でもこんな会話がきっとあったにちがいないと、ひとりごちた。

そう、居酒屋がどんどん増えていっても、それと完全に入れ替わることなく、お酒の飲める酒屋は今日もまだある。かつて求められたお酒や肴が定番の域に達していくならば、簡便にお酒が飲める場を求める心持ちもまた不滅なのだ。

東京ではそこを、ここ三、四年くらいで、角打ち、と呼ぶことが定着しつつある。もともとは北九州特有の呼称で、それが広まったもよう。そうそう、北九州の街雑誌『雲のうえ』の創刊号は角打ち特集号で、ミニコミ『酒とつまみ』元編集長の大竹聡さんが全面的に記事を書いており、わくわくと手に取ったが、その刊行当時の二〇〇六年には、私はまず文中の「角打ち」を「かくうち」とすんなり読むことができなかった。すでにそこそこの酒飲みではあったが、はじめて目にする言葉だった。たとえば北東北は盛岡では、そういう飲ませる酒屋を、もっきり屋、と呼んでいたのは知っていたけれど。また、坂口安吾のエッセイ「居酒屋の聖人」には「トンパチ屋」という言葉が登場する。一九三九（昭和十四）年、茨城の取手に暮らしながらなにか書かねばと三十三歳の安吾は悶々としていた。そして飲んでいた。「この町では酒屋が居酒屋で、コップ酒を飲ませ、之れを『トンパチ』とよぶのである。酒屋の親爺の説によると『当八』の意で、一升の酒でコップに八杯しかとれぬ。つまり、一合以上並々とあつて盛りがいゝといふ意味ださうだ」。

「角打ち」も「もっきり」も「トンパチ」も、声に出してみると弾けるようで小気味よく響く言葉だなあと思う。立ち飲みというスタイルにとても似合うな、とも。

飯野亮一（いいの・りょういち）
食文化史研究家。服部栄養専門学校理事。著書に『すし　天ぷら　蕎麦　うなぎ　江戸四大名物食の誕生』（ちくま学芸文庫）、共著書に『江戸の料理と食生活』（小学館）、『歴史学事典』（弘文堂）などがある。『居酒屋の誕生　江戸の呑みだおれ文化』（二〇一四年／ちくま学芸文庫）に続き二〇一六年同文庫より刊行された『すし　天ぷら　蕎麦　うなぎ』と併せ読むとこの時代の外食文化についてより詳しく分かって楽しい。

『酒談義』吉田健一
――「無駄なものがなければならない」

文章を書くことを仕事にしていこうという入口で貪り読んだのが、吉田健一の、食べものについてのエッセイ『私の食物誌』だった。あんなに繰り返し繰り返しめくったのに、今でもちっとも読み飽きない。ずっと聴き続けていても飽きのこない音楽にも似ている。実際、吉田健一の文章には音楽的なところがあると思っている。読点のキレがよくて、かなり長いセンテンスのうねりに身を委ねたくなるし、読後にその内容から受けた印象とはまた別の、残響のような余韻が残る、そういうところ。

その『私の食物誌』については、『もの食う本』でとりあげているので、よかったら読み返してみて下さい。

吉田健一は、吉田茂の息子で、英文学者である。そのプロフィールから想像されるような、一昔前の、男性が飲食について書く文章にありがちな、読むこちらに教え諭すようなしゃちほこばったところがない。自分はこんな塩梅なのでどうぞよろしく、そんな、さりげなくも洒脱なスタンスだ。

お酒にまつわる長短いろいろのエッセイと「酒の精」と題した短編小説がひとつ収録されている『酒談義』は、没後四十年の区切りに刊行された。

中でも、「飲む話」というタイトルの、開高健が編集していたあの『洋酒天国』のために書かれたエッセイは、のんべえにも飲酒初心者にもぐっとくるはず。たまたまだが、ちょうど今の私くらいの年頃のとき、四十路過ぎに書かれたものだ。吉田健一は、背筋を伸ばしてきちんと飲め、などというきれいごとは書かない。ただ、自棄になって、単に酔いのみを求めて粗雑に飲むべきではないということは書いている。

「犬が寒風を除けて日向ぼっこをしているのを見ると、酒を飲んでいる時の境地というものに就て考えさせられる。そういう風にぼんやりした気持が酒を飲むのにいいので、自棄酒などというのは、酒を飲む趣旨から言えば下の下に属するものである」

「酒に寄り掛るのと体を預けるのでは、話が違う。身の任せ方にも色々あるのである」

「溝を作れば、水は自然に流れて来る。酒も同じことで、大に酔いましょうなどと待ち構えていなくても、酒を飲めば何《いず》れは酔うのだから、安心して酔いが廻るのに任せて置けばいいのである。酔おうと思っていると、酒はそれに付け込んで、或は我々の気持を酌んでくれて荒れるから、我々もそれに引っ張られて何をやり出すか解らない」

引用したい箇所を書き写していると、写していないところのほうが少ないくらいになってしまう。同じく「飲む場所」というエッセイもやはり全部書き写したくなる衝動に駆られてしまう。写経ならぬ写酒文、あるいは写健一か。

「酒とか火とかいうものがあってそれと向かい合っている形でいる時程そうやっている自分が生きものであることがはっきりすることはない」

「我々は幾ら金と名誉を一身に集めてもそれは飲めもしなければ火の色をして我々の眼の前で燃えることもない」

このエッセイは三部構成で、真ん中は道頓堀のおでん屋を舞台に、コの字型カウンターで飲むことと酒場の活気について書いている。これを読んでそのおでん屋に人が押しかけて迷惑をかけるといけないから店名を挙げることは避けておくとあるが、書かれてからもうすぐ四半世紀経つから時効だろうと明かすと『たこ梅』だ。今の『たこ梅』で出される日本酒は「白鹿」一種類のみだが、当時、吉田健一は、きっと二種類の銘柄が混ぜてあるのだろうと推測している。それは、銘柄を教えてもらって同じものを酒屋で買っても味が違うから、とある。また別の機会に、金沢で出されたお酒の「正体がどうしても摑めず、それで漸く教えて戴いた所ではそれは御主人が御自分で金沢の酒と灘の酒を或る割合でお混ぜになったものだった」とある。「飲む場所」は『私の食物誌』に収録されている。はじめて読んだのは私がまだ二十代の頃で、日本酒をブレンドしておいしくなるということがぴんとこなかったが、のちに福島市にある燗酒専門店で、店主が興が乗ってくると「これとこれ、やってみましょうか、ね」と、二種類の銘柄を混ぜ合わせて燗を付けて、その妙を楽しませてくれた。混ぜれば激変する、ということはなくて、互いの長所を活かし合うようになるのが興味深かった。店主の実験結果をこっそり教えてもらう場であり、私にとっては吉田健一の世界に一足でも分け入ったようでうれしかった。

「飲む場所」は「飲む話」から十数年後、吉田健一が五十代も後半に差し掛かってから書いたものである。その分、老成しているようにも感じられるし、とはいえ年譜を参照しなければそういう風には思わないかもしれない。

そんなわけで『酒談義』に収められている、私ぐらいの年頃から晩年までの、どのエッセイのどこを引用しても、達観しているなあ、と、うっとりさせられるのだが、ヤング吉田健一はけっこう乱暴な飲みかたをしていたようだ。

はじめて日本酒を飲んだのは二十歳の頃に新橋で、「暫《しばら》くは、酒は大きな声を出して暴れるものと決めていた。併しそのうちに戦争になって、飲むということに終止符を打たれた」。一九四三（昭和十八）年過ぎには行きつけの銀座のバーが店を閉め「後は馴染みの飲み屋で偶々《たまたま》出してくれる一本か二本の酒で、どうすれば酔えるかという、その方の修業に専念した」とある。そういうぎりぎりのお酒の酔い具合を経た吉田健一は、お酒を飲む場面には「無駄なものがなければならない」と書く。好みの酒器を選ぶとか、ワインの瓶のコルク栓を抜くひと手間とか、そういった「無駄」。そもそもお酒は嗜好品であって糧ではないから、たしかに無駄なのだ。でも、無駄のない生活ほど殺風景なものはない。それを吉田健一は誰よりもよく分かっていた。

「飲む話」より少し後、四十代の終わりに書かれた、ストレートに「酒」と題したエッセイには「日本酒がもう一度、米だけで作れるようになったら、どんな上等なものが出来るか解らない」とある。ここまでいくらのんびりページをめくっていたとしても、このくだりでは、ぱっと立ち上がってこう口に出して言わざるを得ない。

今は、そういう上等な純米酒は沢山あるよ！

なんたって、酒米一〇〇パーセントのお酒を、コンビニでだって買えるのだ。ああ、飲んでほしい、吉田健一に。

また、戦前に醸された山形の「初孫」が寝かせてあったのを、それから十数年後に飲んで「大した酒だった」「その色まで古いブランデーのように淡くなっていたのを覚えている」とある。ならばなぜ、フランスのワインや、中国の老酒のように長いこと貯蔵して熟成させないのだろうともある。ここでも私は立ち上がる。

今は、日本酒を熟成させることも試みられているし、飲める酒場も沢山あるよ！初孫だけでなくて、もっといろいろ飲んでほしいなあ。突っ立ったまま、私は思う。会ったこともないのに、こんなに身近に感じられ、その上にこんなにうっとりさせられる文章を書くお酒飲みがかつてこの世にいたことがうれしい、そして、今はもういないことがたまらなく寂しいと。

吉田健一（よしだ・けんいち）一九一二〜七七
東京生まれ。英文学者、小説家、随筆家。吉田茂元首相の長男。母は内大臣牧野伸顕の娘で、大久保利通の曾孫にあたる。飲みもの食べものを題材とした小説に『東京の昔』（ちくま学芸文庫）、随筆集に『私の食物誌』（中公文庫）、『酒肴酒』（光文社文庫）などがある。『酒談義』（二〇一七年／中公文庫）は、吉田健一没後四十年を記念してお酒にまつわるエッセイを中心に編んだ文庫オリジナル。

初出一覧（ ）内が初出です。大幅に加筆・修正しました。

1　少し昔の食卓

『ロッパ食談　完全版』書き下ろし
『ロッパの悲食記』書き下ろし
『東京焼盡』書き下ろし
『最後の晩餐』書き下ろし
『犬が星見た　ロシア旅行』書き下ろし

2　台所で読む

『かぼちゃを塩で煮る』（産経新聞　二〇一七年二月五日）
『毎日のお味噌汁』（サンデー毎日　二〇一六年六月二六日号）
『おべんと帖　百』（サンデー毎日　二〇一六年四月二四日号）
『きのう何食べた？』書き下ろし
『ダダダダ菜園記　明るい都市農業』（サンデー毎日　二〇一六年五月二九日号）
『食卓一期一会』（サンデー毎日　二〇一七年一二月二四日号）
『佐野洋子の「なに食ってんだ」』（下野新聞　二〇一八年四月二二日）

『謎のアジア納豆　そして帰ってきた日本納豆』（サンデー毎日　二〇一六年八月七日号）
『パンソロジー　パンをめぐるはなし』（サンデー毎日　二〇一七年一〇月二九日号）
『ロングセラーパッケージ大全』（サンデー毎日　二〇一六年八月二八日号）

3　食堂を読む

『うなぎと日本人』（サンデー毎日　二〇一六年一一月二〇日号）
『外食2.0』（のんべえ春秋二号／二〇一三）
『料理狂』（サンデー毎日　二〇一七年五月二一日号）
『さよなら未来　エディターズ・クロニクル 2010-2017』（産経新聞　二〇一八年六月一〇日）
『東京ひとり歩き　ぼくの東京地図。』（産経新聞　二〇一七年六月四日）
『味の形』書き下ろし
『京都の中華』（のんべえ春秋四号／二〇一四）
『焼肉大学』（サンデー毎日　二〇一八年一月二八日号）
『茄子の輝き』書き下ろし

4　カレーを一皿

『カレーの奥義　プロ10人があかすテクニック』（サンデー毎日　二〇一六年七月一〇日号）
『アンソロジー　カレーライス!!　大盛り』書き下ろし

5　おやつの時間

『東京甘味食堂』（産経新聞　二〇一六年十二月一八日）
『ニッポン全国　和菓子の食べある記』（下野新聞　二〇一七年十二月一〇日）
『ふるさとの駄菓子　石橋幸作が愛した味とかたち』（サンデー毎日　二〇一八年六月一〇日号）

6　コーヒーを一杯

『珈琲屋』（サンデー毎日　二〇一八年七月八日号）
『コーヒーと恋愛』書き下ろし
『神戸とコーヒー　港からはじまる物語』（サンデー毎日　二〇一八年二月一一日号）
『美しい建築の写真集　喫茶編』（サンデー毎日　二〇一六年五月八・一五日号）
『喫茶とインテリアＷＥＳＴ　喫茶店・洋食店33の物語』（産経新聞　二〇一六年十一月六日）

7　飲みにいきましょう

『今夜もひとり居酒屋』（のんべえ春秋二号／二〇一三）
『酒呑まれ』（のんべえ春秋創刊号／二〇一二）

『居酒屋の誕生　江戸の呑みだおれ文化』書き下ろし
『酒談義』（下野新聞　二〇一七年六月二五日）

推薦文

「食本」の屋台街に来たような、自由闊達な雰囲気に惹かれた

高野秀行

本書は文庫オリジナルです。

命売ります　三島由紀夫

自殺に失敗し、「命売ります。お好きな目的にお使い下さい」という突飛な広告を出した男のもとに、現われたのは？（種村季弘）

三島由紀夫レター教室　三島由紀夫

五人の登場人物が巻き起こす様々な出来事を手紙で綴る。恋の告白・借金の申し込み・見舞状等、一風変ったユニークな文例集。（群ようこ）

コーヒーと恋愛　獅子文六

恋愛は甘くてほろ苦い。とある男女が巻き起こす恋模様をコミカルに描く昭和の傑作が、現代の「東京」によみがえる。（曽我部恵一）

七時間半　獅子文六

東京—大阪間が七時間半かかっていた昭和30年代、特急「ちどり」を舞台に乗務員とお客たちのドタバタ劇を描く隠れた名作が遂に甦る。（千野帽子）

悦ちゃん　獅子文六

ちょっぴりおませな女の子、悦ちゃんがのんびり屋の父親の再婚話をめぐって東京中を奔走するユーモアと愛情に満ちた物語。初期の代表作。（窪美澄）

笛ふき天女　岩田幸子

旧藩主の息女に生まれ松方財閥に嫁ぎ、四十歳で作家獅子文六と再婚。夫、文六の想い出と天女のような純真さで爽やかに生きた女性の半生を語る。

青空娘　源氏鶏太

主人公の少女、有子が不遇な境遇から幾多の困難にぶつかりながらも健気にそれを乗り越え希望を手にする日本版シンデレラ・ストーリー。（山内マリコ）

最高殊勲夫人　源氏鶏太

野々宮杏子と三原三郎は家族から勝手な結婚話を迫られるも協力してそれを回避する。しかし徐々に惹かれ合うお互いの本当の気持ちは……。（千野帽子）

カレーライスの唄　阿川弘之

会社が倒産した！　どうしよう。美味しいカレーライスの店を始めよう。若い男女の恋と失業と起業の奮闘記。昭和娯楽小説の傑作。（平松洋子）

せどり男爵数奇譚　梶山季之

せどり＝掘り出し物の古書を安く買って高く転売することを業とすること。古書の世界に魅入られた人々を描く傑作ミステリー。（永江朗）

解剖学教室へようこそ　養老孟司

解剖すると何が「わかる」のか。動かぬ肉体という具体から、どこまで思考が拡がるのか。養老ヒト学の原点を示す記念碑的一冊。（南直哉）

考えるヒト　養老孟司

意識の本質とは何か。私たちはそれを知ることができるのか。脳と心の関係を探り、無意識に目を向ける。自分の頭で考えるための入門書。（玄侑宗久）

身近な雑草の愉快な生きかた　稲垣栄洋　三上修・画

名もなき草たちの暮らしぶりと生き残り戦術を愛情とユーモアに満ちた視線で観察、紹介した植物エッセイ。繊細なイラストも魅力。（宮田珠己）

身近な虫たちの華麗な生きかた　稲垣栄洋　小堀文彦・画

地べたを這いながらも、いつか華麗に変身することを夢見てしたたかに生きる身近な虫たちを紹介する。精緻で美しいイラスト多数。（小池昌代）

クマにあったらどうするか　姉崎等　片山龍峯

「クマは師匠」と語り遺した狩人が、アイヌ民族の知恵と自身の経験から導き出した超実践クマ対処法。クマと人間の共存する形が見えてくる。（遠藤ケイ）

木の教え　塩野米松

かつて日本人は木と共に生き、木に学んだ教訓を受け継いできた。効率主義に囚われた現代にこそ生かしたい「木の教え」を紹介。（丹羽宇一郎）

脳はなぜ「心」を作ったのか　前野隆司

「意識」とは何か。どこまでが「私」なのか。死んだら「心」はどうなるのか。――「意識」と「心」の謎に挑んだ話題の本の文庫化。（夢枕獏）

錯覚する脳　前野隆司

「意識のクオリア」も五感も、すべては脳が作り上げた錯覚だった！　ロボット工学者が科学的に明らかにする衝撃の結論を信じられますか。（武藤浩史）

増補 へんな毒すごい毒　田中真知

フグ、キノコ、火山ガス、細菌、麻薬……自然界にあふれる毒の世界。その作用の仕組みから解毒法、さらには毒にまつわる事件なども交えて案内する。

ニセ科学を10倍楽しむ本　山本弘

「血液型性格診断」「ゲーム脳」など世間に広がるニセ科学。人気SF作家が会話形式でわかりやすく教える、だまされないための科学リテラシー入門。

いのちと放射能　柳澤桂子

放射性物質による汚染の怖さ。癌や突然変異が引き起こされる仕組みをわかりやすく解説し、命を受け継ぐ私たちの自覚を問う。（永田文夫）

熊を殺すと雨が降る　遠藤ケイ

山で生きるには、自然についての知識を磨き、己れの技量を謙虚に見極めねばならない。山村に暮らす人びとの生業、猟法、川漁を克明に描く。

ダダダ菜園記　伊藤礼

畑づくりの苦労、楽しさを、滋味とユーモア溢れる文章で描く。自宅の食堂から見える庭いっぱいの農場で〝伊藤式農法〟確立を目指す。（宮田珠己）

哺育器の中の大人［精神分析講義］　伊丹十三　岸田秀

愛や生きがい、子育てや男(女)らしさなど具体的な問題について対話し、幻想・無意識・自我など精神分析の基本を分かりやすく解き明かす。（春日武彦）

こころの医者のフィールド・ノート　中沢正夫

こころの病に倒れた人と一緒に悲しみ、怒り、闘う医師がいる。病ではなく〝人〟のぬくもりをしみじみと描く感銘深い作品。（沢野ひとし）

本番に強くなる　白石豊

メンタルコーチである著者が、禅やヨーガの方法をとりいれつつ、強い心の作り方を解説する。「ここ一番」で力が出ないというあなたに！（天外伺朗）

自分を支える心の技法　名越康文

対人関係につきものの怒りに気づき、「我慢する」のでなく、それを消すことをどう続けていくか。人気精神科医からのアドバイス。長いあとがきを附す。

加害者は変われるか？　信田さよ子

家庭という密室で、DVや虐待は起きる。「普通の人」がなぜ？　加害者を正面から見つめ分析し、再発を防ぐ考察につなげた、初めての本。（牟田和恵）

人生の教科書［人間関係］　藤原和博

人間関係で一番大切なことは、相手に「！」を感じてもらうことだ。そのための、すぐに使えるヒントが詰まった一冊。（茂木健一郎）

バナナの皮はなぜすべるのか？　黒木夏美

定番ギャグ「バナナの皮すべり」はどのように生まれたのか？　マンガ、映画、文学……あらゆるメディアを調べつくす。（パオロ・マッツァリーノ）

品切れの際はご容赦ください

超芸術トマソン　赤瀬川原平

都市にトマソンという幽霊が！　街歩きに新しい楽しみを、表現世界に新しい衝撃を与えた超芸術トマソンの全貌。新発見珍物件増補。（藤森照信）

日本美術応援団　赤瀬川原平　山下裕二

雪舟の「天橋立図」凄いけどどこかヘン⁉　光琳にはなくて宗達にはある〝乱暴力〟とは？　教養主義にとらわれない大胆不敵な美術鑑賞法‼

ぼくなりの遊び方、行き方　横尾忠則

日本を代表する美術家の自伝。登場する人物、起こる出来事その全てが日本のカルチャー史！　壮大な物語はあらゆるフィクションを超える。（川村元気）

モチーフで読む美術史　宮下規久朗

絵画に描かれた代表的な「モチーフ」を手掛かりに美術を読み解く、画期的な名画鑑賞の入門書。カラー図版約150点を収録した文庫オリジナル。

しぐさで読む美術史　宮下規久朗

西洋美術では、身振りや動作で意味や感情を伝える。古今東西の美術作品を「しぐさ」から解き明かす『モチーフで読む美術史』姉妹編。図版200点以上。

春画のからくり　田中優子

春画では、女性の裸だけが描かれることはなく、男女の絡みが描かれる。男女が共に楽しんだであろう性表現に凝らされた趣向とは。図版多数。

ROADSIDE JAPAN 珍日本紀行 東日本編　都築響一

秘宝館、意味不明の資料館、テーマパーク……。路傍の奇跡ともいうべき全国の珍スポットを走り抜ける旅のガイド、東日本編一七六物件。

ROADSIDE JAPAN 珍日本紀行 西日本編　都築響一

蝋人形館、怪しい宗教スポット、町おこしの苦肉の策が生んだ妙な博物館。日本の、本当の秘境は君のすぐそばにある！　西日本編一六五物件。

既にそこにあるもの　大竹伸朗

画家、大竹伸朗「作品への得体の知れない衝動」を伝える20年間のエッセイ。文庫では新作を含む木版画、未発表エッセイ多数収録。（森山大道）

私の好きな曲　吉田秀和

永い間にわたり心の糧となり魂の慰藉となってきた、最も愛着の深い音楽作品について、その魅力を語る、限りない喜びにあふれる音楽評論。（保苅瑞穂）

グレン・グールド　青柳いづみこ

20世紀をかけぬけた衝撃の演奏家の遺した謎をピアニストの視点で追い究め、ライヴ演奏にも着目、つねに斬新な魅惑と可能性に迫る。（小山実稚恵）

Ai ジョン・レノンが見た日本　ジョン・レノン絵　オノ・ヨーコ序

ジョン・レノンが、絵とローマ字で日本語を学んだスケッチブック。「おだいじに」「毎日生まれかわります」などジョンが捉えた日本語の新鮮さ。

アンビエント・ドライヴァー　細野晴臣

はっぴいえんど、YMO……日本のポップシーンで様々な花を咲かせ続ける著者の進化し続ける自己省察。帯文＝小山田圭吾　（テイ・トウワ）

skmt 坂本龍一とは誰か　坂本龍一＋後藤繁雄

坂本龍一は、何を感じ、どこへ向かっているのか？ 独特編集者・後藤繁雄のインタビューにより、独創性の秘密にせまる。予見に満ちた思考の軌跡。

ゴッチ語録 決定版　後藤正文

ロックバンド ASIAN KUNG-FU GENERATION のフロントマンが綴る音楽のこと。対談＝宮藤官九郎他。コメント＝谷口鮪(KANA-BOON)

ホームシック　ECD＋植本一子

ラッパーのECDが、写真家・植本一子に出会い、家族になるまで。植本一子の出産前後の初エッセイも。二人の文庫版あとがきも収録。（窪美澄）

キッドのもと　浅草キッド

生い立ちから凄絶な修業時代、お笑い論、家族への思いまで。孤高の漫才コンビが仰天エピソード満載で送る笑いと涙のセルフ・ルポ。（宮藤官九郎）

小津安二郎と「東京物語」　貴田庄

小津安二郎の代表作「東京物語」はどのように誕生したのか？ 小津の日記や出演俳優の発言、スタッフの証言などをもとに迫る。文庫オリジナル。

しどろもどろ　岡本喜八

「面白い映画は雑談から生まれる」と断言する岡本喜八。映画への思い、戦争体験……、シリアスなことでもユーモアを誘う絶妙な語り口が魅了する。

ゴジラ　香山滋

今も進化を続けるゴジラの原点。太古生命への讃仰、原水爆への怒りなどを込めた、原作者による小説・エッセイなどを集大成する。（竹内博）

品切れの際はご容赦ください

猫語の教科書
ポール・ギャリコ
灰島かり訳

ある日、編集者の許に不思議な原稿が届けられた。それはなんと、猫が書いた猫のための「人間のしつけ方」の教科書だった……!?（大島弓子）

ムーミン谷のひみつ
冨原眞弓

子どもにも大人にも熱烈なファンが多いムーミン。その魅力の源泉を登場人物に即して丹念に掘り起こす、とっておきのガイドブック。イラスト多数。

ムーミンを読む
冨原眞弓

ムーミンの第一人者が一巻ごとに丁寧に語る、ムーミン物語の魅力！ 徐々に明らかになるムーミン一家の過去や仲間たち。ファン必読の入門書。

グリム童話（上・下）
池内紀訳

「赤ずきん」「狼と七ひきの子やぎ」「いばら姫」「白雪姫」等おなじみのお話と、新訳「コルベス氏」「すすまみれ悪魔の弟」等を、ひと味違う新鮮で歯切れのよい訳で贈る。

不思議の国のアリス
ルイス・キャロル
柳瀬尚紀訳

おなじみキャロルの傑作。子どもむけにおもねらず、ことば遊びを含んだ、透明感のある物語を原作の香気そのままに日本語に翻訳。（楠田枝里子）

アーサー王の死
中世文学集Ⅰ
T・マロリー
厨川《くりやがわ》文夫／圭子編訳

イギリスの伝説の英雄・アーサー王とその円卓の騎士団の活躍ものがたり。厖大な原典を最もうまく編集したキャクストン版で贈る。（厨川文夫）

アーサー王ロマンス
井村君江

アーサー王と円卓の騎士たちの謎に満ちた物語。戦いと愛と聖なるものを主題にくり広げられる一大英雄ロマンスの、エッセンスを集めた一冊。

ケルト妖精物語
W・B・イエイツ編
井村君江編訳

群れなす妖精もいれば一人暮らしの妖精もいる。不思議な世界の住人達がいきいきと甦る。イエイツが贈るアイルランドの妖精譚の数々。

ケルトの神話
井村君江

古代ヨーロッパの先住民族ケルト人が伝え残した幻想的な神話の数々。目に見えない世界を信じ、妖精たちと交流するふしぎな民族の源をたどる。

炎の戦士クーフリン／黄金の騎士フィン・マックール
ローズマリー・サトクリフ
灰島かり／金原瑞人／久慈美貴訳

神々と妖精が生きていた時代の物語。かつてエリンと言われた古アイルランドを舞台に、ケルト神話に名高いふたりの英雄譚を1冊に。（井辻朱美）

星の王子さま　サン＝テグジュペリ　石井洋二郎訳

飛行士と不思議な男の子。きよらかな二つの魂の出会いと別れを描く名作――透明な悲しみが読むものの心にしみとおる、最高度に明快な新訳でおくる。

星の王子さま、禅を語る　重松宗育

『星の王子さま』には、禅の本質が描かれている。住職でアメリカ文学者でもある著者が、難解な禅の哲学を指南するユニークな入門書。（西村惠信）

クラウド・コレクター〈手帖版〉　クラフト・エヴィング商會

得体の知れない機械、奇妙な譜面や小箱、酒の空壜……。不思議な国アゾットへの驚くべき旅行記。単行本版に加筆、イラスト満載の〈手帖版〉。

ないもの、あります　クラフト・エヴィング商會

堪忍袋の緒、舌鼓、大風呂敷……よく耳にするが、一度として現物を見たことがない物たちを取り寄せてお届けする。文庫化にあたり新商品を追加。

生きることの意味　高《コ》史《サ》明《ミョン》

さまざまな衝突の中で死を考えるようになった一朝鮮人少年。彼をささえた人間のやさしさを通して、生きることの意味を考える。（鶴見俊輔）

まちがったっていいじゃないか　森毅

人間、ニブイのも才能だ！　まちがったらやり直せばいい。少年のころを振り返り、若い読者に肩の力をぬかせてくれる人生論。（赤木かん子）

君たちの生きる社会　伊東光晴

なぜ金持や貧乏人がいるのか。エネルギーや食糧問題をどう考えるか。複雑になった社会の仕組みや動きをもう一度捉えなおす必要がありそうだ。

友だちは無駄である　佐野洋子

でもその無駄がいいのよ。つまらないことや無駄なことって、たくさんあればあるほど魅力なのよね。一味違った友情論。（亀和田武）

心の底をのぞいたら　なだいなだ

つかまえどころのない自分の心。知りたくてたまらない他人の心。謎に満ちた心の中を探検し、無意識の世界へ誘う心の名著。（香山リカ）

自分のなかに歴史をよむ　阿部謹也

キリスト教に彩られたヨーロッパ中世社会の研究で知られる著者が、その学問的来歴をたどり直すことを通して描く〈歴史学入門〉。（山内進）

ちくま文庫

味見《あじみ》したい本《ほん》

二〇一八年十二月十日　第一刷発行

著　者　木村衣有子（きむら・ゆうこ）

発行者　喜入冬子

発行所　株式会社　筑摩書房

東京都台東区蔵前二―五―三　〒一一一―八七五五

電話番号　〇三―五六八七―二六〇一（代表）

装幀者　安野光雅

印刷所　明和印刷株式会社

製本所　株式会社積信堂

ISBN978-4-480-43556-9 C0193